論莫言小說 (1983~1999)
的幾個母題和敘述意識

謝靜國◎著

感　　謝

恩師施淑女教授的點化與指導，讓我這株朽木有起死回生的機會。

中國作家之光莫言。莫言若視我為微塵而不屑一顧，這本論文將失去許多珍貴的第一手資料。

北京大學中文系洪子誠、嚴家炎、趙祖謨與張頤武等幾位教授容我在他們的課堂上學習。

清大中文系（現為淡江中文系）呂正惠教授和台大中文系梅家玲教授對我不吝賜教。

淡大中文系高柏園教授和黃麗卿助教（現為講師）對我赴北京大學短期研究的繁複的行政手續所付出的辛勞。

蔣暉（北京大學中文系研究生，現為 NYU 博士候選人）與蘇敏逸（清華大學研究生，現為淡大中文系助理教授）等曾經在我撰寫論文期間鼓勵與幫助我的人。

秀威出版社代為出版。

代序

　　多年前朋友們便建議我將這本論文付梓出版，然而由於我是一個不善於自我推銷的人，對自己也沒有什麼自信心，生活圈也不大，研究的又是台灣學術界較少接觸的大陸作家（此乃針對當時而言，但迄今大陸文學的研究者相對於中國古典文學和台灣文學的鴻儒遍布仍屬鳳毛麟角，而我更登不上鳳凰與麒麟之林），故步自封的結果，讓它在我的書架上閉關自守了兩千多個日子。

　　願意讓它公諸於世卻是去年年底一個跨海的機緣。香港嶺南大學的碩士生盧佑榮同學透過各種可能找到我的管道與我聯繫，希望能夠讀到我的論文。在幾番波折後，他的雙胞胎姊姊在一次赴台灣旅遊的途中，親自到我授課的台灣師大與我碰面，為的就是這本論文。我感動萬分，那種昔日為了研究而「上窮碧落下黃泉」蒐集資料的情景頓時湧上心頭，即便千辛萬苦找到的可能是粗礪而非瑰寶，搜索的喜悅與磨練卻是難得與可貴的學術經驗。

　　承蒙不棄，幾位與我素未謀面的台灣研究同好亦曾輾轉透過我的朋友向我索取這本論文，我不知道他們——當然包括香港的盧同學——在閱讀我的論文以後將之視為粗礪抑或瑰寶，我只是接受了盧同學的建議，讓它走出我的書齋，面對更多的批評與指教。我現在抱持的是野人獻曝的精神，並且不更動其中的任何內容（除了當時沒有發現的錯字予以更正之外，觀點方面未曾改動隻字），或者加入對莫言在1999年這本論文完成之後方出版的作品的

　　分析，畢竟這是一個階段性的研究成果，我應該讓它維持
本來面目。

　　是為序。

謝靜國

於台北一隅

2006 年 2 月 19 日

目次

第一章　打開天窗

第一節　序言

　　莫言（1955～）自從 1985 年在《中國作家》第一期發表〈透明的紅蘿蔔〉，並以〈紅高粱〉（1986）榮獲大陸第四屆中篇小說獎之後，旋以獨特的風格震撼文壇，其後發表的作品，亦率多引起評論者多方討論，雖毀譽不一，然實褒多於貶，而亦為莫言在當今大陸文壇樹立相當的地位。莫言獨特的小說風格，在在顯示孕育他的老家——高密東北鄉的神奇，當然這不只是表面的地理上的含意，而是在整個民族的集體潛意識運作下的結果。

　　莫言成長在政治動亂的時期，一出生，就遇到了大飢荒，而這種生理上的飢饉，卻不能遏制莫言滿足求知慾的饑渴，在民不聊生的年代，家鄉的傳說、景物、生活的經歷和夢幻，在在觸動了年少莫言的敏感心靈，這種以聽的方式的閱讀，無形間都成為莫言小說的養料。從軍後，莫言那種對家鄉又愛又恨的感受加進了文明和原始的衝突，接受新的人事物和制度刺激的莫言，在心態上產生了更複雜的矛盾和掙扎，也因為有這樣的體驗，莫言小說關注的視野，和在小說中烙印的因經驗挫折而得的智慧，更形飽滿豐富。

　　現今大陸的小說家有如過江之鯽，但嚴肅地為小說注入新生命者幾希，而莫言是其中冷靜的一枝筆。在看似眼花撩亂、披頭散髮的敘述話語和文體試驗背後，莫言總是有著簡單卻深刻的主題——就中也有著連莫言自己都搞不清的種種疑問，而

它們總是如影隨形地環繞在飲食男女的四周，從未消逝，反諷
的是，也未曾被人們誠實且深刻地認識。

　　得獎已經不能為莫言的不好洗刷罪名、也不能為莫言的好
錦上添花，讓大家多加了解作品的含意，並由作品中產生共鳴
共振，應該才是莫言真正想要達致的理想，莫言的小說目前已
經翻譯成多國文字登陸海外，海外的漢學家多給予相當的重
視。莫言創作十八年[1]以來，佳作迭見，數量亦豐，委實已經構
成論文研究的條件，本論文之研究進路大抵從大陸新時期以迄
目前之政治、社會與文學氛圍入手，結合當代文藝理論思潮，
對莫言及其小說文本，進行詮釋與閱讀，並與同時期之風格、
類型相近的創作進行參照，最後歸結於對莫言小說的幾個母題
與敘述意識等議題之探究上。

　　論文第一章先由共和國的當代歷史觀之。由於中國大陸特
殊的政治背景，產生了一批批「政治正確」的文學，當「神聖
的祭壇」垮台後，喪失信心的小說家和詩人紛紛加入「解放」
的行列。筆者以為，中國大陸從 1919 年開始第一次大規模的解
放開始（五四運動），歷經 49 年的第二次解放（共和國成立）
和 78 年第三次解放（改革開放），一直要到八〇年代末、九〇
年代初受到商品大潮入侵後的第四次解放，才算真正落實下
來。當然，這幾次的解放性質和方向不同，結果也不完全令人
期待，但是有意思的是，前三次都和政治有直接關係，最後一
次的經濟因素也和政策脫離不了干係。第三次解放以後，西風
東漸，吹醒了不少中國人沈睡已久的夢，因此，大量的作品相

---

[1]　「十八年」為莫言正式發表小說〈春夜雨霏霏〉（1981）迄今（1999 年）
　　的年月，而本文討論的範圍自 1983 年〈民間音樂〉開始，至 1999 年《紅
　　樹林》為止。

繼問世，文壇熱熱鬧鬧，評論爭爭吵吵，撫慰「傷痕」後一路走到「世紀末」，當真是「百家爭鳴、百花齊放」。本章試圖藉由勾勒當代中國大陸的時代背景，以顯現莫言在該時空座標中的位置。

第二章要談的是莫言的家族史。談論莫言的家族史自然要先對家族發生地：鄉土及其源流進行考察。本章從「新歷史」的角度切入，並從鄉土的立場上分析莫言的懷鄉心態，並和尋根文學進行參照，從中發現莫言究竟能否被歸入尋根作家。接下來便對莫言的老家進行考察，看看這塊哺育了莫言奇思怪想的土地究竟有著什麼樣的魅力，並由此做為深入他的家族小說的進路。本章最後將以莫言小說中，「種的退化」與「雜種」現象做結，試圖從中分析莫言有關「種」的疑問。

第三章著重討論莫言小說中的感覺和生理現象。莫言的小說宛若一個神奇的感覺世界，裡面充滿了瑰麗的幻境，或者真實與幻想的折射。而莫言一向為人所津津樂道或者鄙薄輕視的性描寫，究竟有何用意？很多人把性器當作是文學上的象徵作用，把性當成是一種權力的隱喻。本章試圖從權力與文化的角度進行分析，試圖從中挖掘莫言小說的狂歡現象，並爬梳莫言的亂倫恐懼與虐戀心態。此外，另一個有關生理的主題「飢餓」，亦在本章的研究範圍。這些在小說中存在已久的議題，在莫言身上有何新的展現？莫言以自身的經歷，行之於文，更見其中滄桑悲苦。

莫言曾說自己有千言萬語，而這個以說故事見長的說故事者，是如何完成了民族遺產的薪傳工作？又如何以小說的形式完成其中的過渡？而莫言小說中，潛藏的多音現象，有什麼特殊性？莫言敢言人所不敢言，對時代乃至自身的嘲諷，在在表

現出莫言的勇氣，及其小說的獨特。藉著互文，我們更可看出
莫言小說的創作意念，那是一種抗拒主流意識形態的音響，藉
著對中共官場的批判，和社會經濟影響下的人性的變質，莫言
的寓言，在世紀末的中國大陸，悄悄升起。以上是第四章。

　　第五章是結論，總結筆者對莫言的總體觀察與發現。

第二節　官方主導下的歷史軌跡／詭計（1942～1976）

一、〈講話〉做為寫作的指導方針

　　1942 年 5 月 2 日毛澤東〈在延安文藝座談會上的講話〉（以下簡稱〈講話〉）[2]，對將近 40 年的中國文藝界產生了偌大的

---

[2]　毛澤東在〈講話〉（1954 年人民出版社《毛澤東選集》第三卷版，今間引自應鳳凰·《當代大陸文學概況、史料卷》，台北：行政院文建會，初版，pp262~291）中點出了有關文藝工作者的「一些問題」：首先是立場問題，毛澤東以為應當「站在無產階級和人民大眾的立場」，若是共產黨員，則是「站在黨的立場，站在黨性和黨的政策的立場」。在態度問題上，毛指出對不同的人採取不同態度的說法，他例舉出對敵人、統一戰線中的同盟者和自己人（指的是人民群眾及其先鋒隊）分別應該暴露打擊、聯合批評和讚揚的不同態度。工作對象問題方面，也就是談到文藝作品該給誰看，毛澤東的答案是「工農兵及其幹部」，毛澤東並且指出文藝工作者必須先了解自己所要描寫的對象，熟悉他們的語言，進一步「得把自己的思想感情來一個變化，來一番改造」。最後在學習問題上，毛澤東要大家「學習馬克思列寧主義和學習社會」。
　　毛澤東的這段「引言」，展開了為期大約三週的討論，5 月 22 日，毛澤東為會議做出了幾點結論：第一是文藝為誰的問題。毛澤東舉列寧說的文藝「為千千萬萬勞動人民服務」，引出「人民大眾」是「工人、農民、兵士和城市小資產階級」的「定義」，並且指出「必須站在無產階級的立場上」為人民服務。第二是如何服務的問題，也就是「普及」和「提高」的問題，而兩者的對象自然還是工農兵。毛澤東指出，要做到前者必須滿足工農兵的需要，而且是讓他們「所便於接受的東西」；至於後者，「只能是從工農兵群眾的基礎上去提高」、「沿著工農兵自己前進的方向去提高，沿著無產階級前進的方向去提高」。但是普及和提高並非不相連屬的關係，而是「在普及基礎上的提高。這種提高，為普及所決定，同時又給普及以指導」。第三個是有關對內──黨的文藝工作和黨的整個工作的關係，與對外──黨的文藝工作和非黨的文藝工作的關係的問題，總結兩個問題的結論是「政治」，毛澤東指出「只有經過政治，階級和群眾的需要才能集中地表現出來」，要利用政治上的團結力量，將黨外各團體團結到為勞動人民服務的戰線上來，是一項特別重要的任務。第四個是文藝批評

影響。1949 年 7 月 2 日到 19 日，第一次中華全國文學藝術工作
者代表大會在北京舉行，參加者有毛澤東、周恩來等 650 人。
該組織在 1953 年被命名為中華全國文學藝術界聯合會，簡稱中
國文聯，前三任主席分別為郭沫若、茅盾和周揚。在第一次全
國文代會上，周揚反覆引用〈講話〉作為創作的指導方針，在
這樣的「期許」下，趙樹理（1906～1970）的小說成了最佳模
範。趙樹理遠在 1943 年 5 月和 10 月便寫了兩個符合〈講話〉
精神的短篇小說〈小二黑結婚〉和〈李有才板話〉，前者處理
的是藉地痞流氓（興旺和金旺）、民間迷信（二諸葛和三仙姑）
和百姓的無知，凸顯幹部的開明智慧和進步思想，最後當然是
惡霸被嚴懲，迷信遭破除；後者則是以高層幹部的仁慈和寬宏
大量，說明舊地主和官僚終將失敗，新社會終將勝利的結果。
周揚在 1946 年寫的〈論趙樹理的創作〉，便指稱趙樹理的語言
是「鬥爭的語言」，他「站在鬥爭之中，站在鬥爭的一方面，
農民的方面，他是他們中間的一個」（引自趙樹理，1997：代
序 9）。趙樹理在 1945 年的中篇〈李家莊的變遷〉寫的仍是農

的問題。毛澤東列出政治和藝術兩個文藝批評的標準，在政治標準上，毛
澤東不但呼籲「我們是辯證唯物主義的動機和效果的統一論者」，並且明
訂「社會實踐及其效果是檢驗主觀願望或動機的標準」。在政治與藝術兩
種標準之上，也為了解決兩者之間可能產生的矛盾，毛又提出「政治和藝
術的統一」、「內容和形式的統一」與「革命的政治內容和盡可能完美的
藝術形式的統一」的要求，以進行文藝問題上兩條戰線的鬥爭。這個觀點
歸結到最後還是信奉馬克思主義，要以辯證唯物論和歷史唯物論的觀點去
觀察文藝社會、觀察社會，進而觀察世界。
　　最後，毛澤東以黨內存在思想不純正成員為由，要求一個嚴肅而切實
的思想整風運動。毛澤東認為應該以魯迅的詩句「橫眉冷對千夫指，俯首
甘為孺子牛」為座右銘，為了無產階級和人民大眾，鞠躬盡瘁、死而後已。
這些經由毛澤東不斷「正反合」的辯證結論，著實影響了 1942 年以降的
整個中國大陸的文藝發展。

民和舊地主之間的抗爭故事，只是筆法不似前兩篇逗趣反而處處顯得冷峻。54 年以後，趙樹理響應合作化運動的號召寫了長篇《三里灣》（1954），之後的《靈泉洞》（迄 1958 年仍未寫完），以及邁入 60 年代的〈套不住的手〉（1960）、〈實幹家潘永福〉（1961）和最後一篇發表在《人民文學》的〈賣煙葉〉（1964）等，都可稱得上是相當「政治正確」的小說。

　　除了趙樹理之外，丁玲和周立波兩人分別寫了反應土改的長篇小說《太陽照在桑乾河上》（1948）和《暴風驟雨》（1948），並雙雙獲得「斯大林文學獎」，丁玲在 1997 年北京人民文學出版社重印前言（該文作於 1979 年）中說道：「《太陽照在桑乾河上》不過是我在毛主席的教導、在黨和人民的指引下，在革命根據地生活的薰陶下，個人努力追求實踐的一小點成果。」（1997：前言 2），丁玲的「謙虛」，正足以顯現毛澤東的「偉大」。

　　此外，這個時期處理戰爭的小說很多，著名的有馬烽和西戎合著的《呂梁英雄傳》（1949）和杜鵬程的《保衛延安》（1954）。50 年代有兩部值得注意的長篇，一是楊沫的的《青春之歌》（1958），這本小說在出版後，由於小說女主人翁的「資產階級立場」而遭批評，楊沫「必須接受」，且在改版時將女主角寫入農村，以和當時的文藝政策合併；一是柳青的《創業史》，該長篇分成兩部，分別完成於 1959 和 1977 年，《創業史》寫的是西北終南山麓貧苦的農民，在舊社會創業艱辛、生活艱苦，在進入新社會由共產黨領導之下，經過農業合作化運動、經過不斷地鬥爭，終於達到美滿的生活境界的故事。文革前被泛稱為「十七年」的小說，最後在浩然的《豔陽天》（1966）問世後劃上句點。

　　這裡必須補充說明的是毛澤東的「雙百方針」。中國共產黨成立後，在 1946 年（至晚在 1948）便已在解放區展開了土改運動[3]。1949 年 10 月 1 日，共和國正式成立，中共當局進行了一系列的政治和經濟計畫。55 年以前，中共分別在 51 到 52 年對知識分子進行思想改造，53 年一度放鬆，54 年復加強控制，這個壓迫知識分子的行動到 55 年對「反黨、反人民、反革命」的胡風集團進行批判達到高潮。而由於第一個五年計畫（1953~1957）進行到 1955 年末，便即將完成農業集體化和重新推動工業化，中國共產黨於是轉向求助於知識分子和專業技術人員。在 1955 年 12 月 3 日的《光明日報》首先刊出了黨內這樣的需要，但由於受到之前反胡風運動的影響，並未收到預期的效益。

　　因此，黨不得不採取實際措施，在 1956 年給予知識分子「一定程度」的學術自由，以換取合作的機會。1956 年 1 月 14 至 20 日，黨的中央委員會召開了為期一週的有關知識分子的會議，周恩來提出了尊重知識分子的觀點、使他們的專業研究更獲得重視、給予知識分子更多的權威和更多的貨幣刺激，以及改善工作環境、享有合理的晉升管道等建議。這樣的建議旋即獲得毛澤東的支持，並在 1956 年 5 月 2 日宣佈了著名的「雙百方針」：「百花齊放、百家爭鳴」，以此表示對知識分子控制的放鬆。但是由於毛澤東的講話內容並未對外發表，因此陸定一在同年 5 月 26 日為「雙百」定下了調子，鼓勵大家獨立思考、自由討論，要大家再造一個周朝末年百家爭鳴的黃金時代。

---

[3]　本節有關「史」的部份，諸如何年頒佈了某項政策、發生了某些重大事件等資料，皆根據費正清編的兩冊《劍橋中華人民共和國史》，北京：中國社科出版社，1995 年版。該套叢書（包括中國古代歷史）的撰寫人包括世界各地漢學家，且被公認為目前最全面、最客觀呈現和評價中國歷史的著作。這兩冊最「不官方」的論著，正符合本節標題的要求。

　　由於政策的放鬆，除了文學家之外，其餘能被稱作「知識分子」的包括科學家、工程師、史學家和哲學家等，都對當時的時政發表了「意見」，一直要到 56 年中期鳴放時，一批原本喝共產黨奶水長大、同時受蘇聯知識界影響的年輕一輩作家，開始他們對黨的批評。他們直言不諱批評官僚體制和教條主義，並指出黨已經背離了他們認為體現在他們意識形態中的人道主義理想。這些活動比較集中地表現在當時的《人民文學》雜誌編輯秦兆陽和記者劉賓雁以及作家王蒙身上。秦兆陽除了在所屬雜誌上發表一系列和官僚戰鬥的文章外，更在〈現實主義──廣闊的道路〉[4]中公開指出作家不能服務於政治的獨立作用，而這樣的言論明顯和毛澤東的〈講話〉相悖，秦兆陽蒐羅了劉賓雁許多重要的報導文章，而這些文章也多半是批評官僚監控的著作。比較值得注意的是當時只有 22 歲的年輕黨員作家王蒙，他在〈組織部新來的青年人〉[5]中，描述主人公林震到一家工廠考察發展新黨員的情況時，發現倨傲卻無能的經理和想要增加生產卻處處受阻的工人之間的強烈矛盾，這位有理想的青年，於是動員了工人和基層幹部向《北京日報》投訴，換來的卻是中階幹部受到懲處，而高階幹部安然在位的結果。撇開小說的好壞，讀者可以很清楚地見到，王蒙是想藉由這個理想主義者和僵化的官僚體系的衝突達到控訴時政的目的，如同他自己說的，「像林震這樣的積極反對官僚主義卻又常在『鬥爭』

---

[4] 這篇文章作者以筆名「何直」發表在《人民文學》1956 年第 9 期。筆者看到的是蒐錄在洪子誠和謝晃合編的《中國當代文學史料選 1948～1975》的重刊本，pp233-261。

[5] 這篇小說的篇名據作者原意應為〈組織部來了一個年輕人〉，後來才被《人民日報》編輯部更改為〈組織部新來的青年人〉，參見洪子誠，1997a：203。

中碰得焦頭爛額的青年到何處去」。（王蒙・〈關於《組織部
新來的青年人》〉，引自洪子誠，1997a：198）

　　王蒙的小說發表後，將之前發表過的青年作家有關批評黨
的文章，掀起了強烈的聲浪，特別是造成黨內官僚階層的普遍
「危機意識」。他們的危機產生於政策的鬆動帶來的「反」效
果──自身權力位階的動搖，而非對本身進行徹底檢討。終於，
在1957年初爆發了由解放軍宣傳部副部長陳其通等人率先發難
的抵制行動，使得57年年初兩個月的百花運動幾乎處於停滯狀
態，儘管期間還是有《文藝學習》的編輯黃秋耘及作家劉紹棠
的呼籲奔走，但基本上知識分子此時還是沈默的。同年2月27
日和3月12日，毛澤東分別發表了〈關於正確處理人民內部矛
盾的問題〉及對黨宣傳部的講話，並在講話內容中提出請知識
分子提供黨改革的意見，使黨不至流於僵化、官僚和使人「敢
於批評、敢於爭論」的指示，但黨的官僚階層卻沒有把毛澤東
的言論付諸實行，因為這兩次講話都沒有在官報（《人民日報》）
上發表，也因此，知識份子的腳步並沒有加快的刺激。

　　一直要到五月初整頓黨幹部作風時，這種批評聲浪才又澎
湃起來，並且將對官僚主義的批評深化擴大為對制度本身的批
評，毛澤東此時也改變了方針（因為他認為知識分子未受夠充
分的思想教育），共產黨於是在57年6月8日發起了「反右運
動」，「反右運動標誌著毛澤東放棄了把知識分子作為經濟發
展關鍵因素的想法」（費正清，1995a：268），反右運動也成
了政治鬥爭的場域，周揚鬥倒了死對頭馮雪峰和老作家──當
時學生心目中的文學導師丁玲，穩住了自己當時的政治地位，
而文革時四人幫之一的姚文元（父親是30年代作家姚蓬子）也
因為與周揚有過同一陣線的經歷而奇蹟似地崛起。這波運動估

計有 40 萬至 70 萬的知識分子被下放改造，「一個單位應有 5%
的人定為右派份子。甚至在只有很少幾個知識份子的單位和沒
有人鳴放的單位，這個指標也得完成。」（ibid：271），這次
的反右，和當時正在進行的大躍進結合在一起，演變成一場舖
天蓋地的反知識分子行動。

　　1958 年春季和夏季，大躍進展開。「大躍進方案是建立在
近於烏托邦的樂觀主義的基礎之上，即認為黨憑藉其群眾運動
方法能夠達到一切目的」（ibid：310）。這樣的策略，包括農
村的公有化，讓國家投入延伸到 59 年的生產狂潮中，但該策略
的幾個主要部份卻由接連而來的飢荒證明徹底失敗，毛澤東等
幾位領導人不得不開始進行檢討，此時，劉少奇崛起，林彪掌
握軍權，一場驚天動地的浩劫正在醞釀。

二、文革時期小說的嚴重貧血

　　終於，1966 年 4 月 19 日，「無產階級文化大革命」透過《人
民日報》的宣佈正式登場，這場荒謬劇一開始就彰顯其政治意
圖，由姚文元批判北京副市長吳哈的《海瑞罷官》（1965.11）
開始，這種迂迴的攻堅戰術就浩浩蕩蕩展開，目的是為了要鬥
垮更上位的政治對頭，北京市長兼市委第一書記彭真、中宣部
副部長周揚、中央總書記鄧小平和共產黨副主席兼共和國主席
劉少奇。而文藝方面，在 1966 年 2 月〈林彪同志委託江青同志
召開的部隊文藝工作座談會紀要〉中，便已重申「在創作方法
上，要採取革命的現實主義和革命的浪漫主義相結合的方法」
（引自洪子誠，1995：639），在毛主席這種「兩結合」（即上
述革命的現實主義與革命的浪漫主義）的指導原則下，在文革
這樣一個變態的環境中，除了八個樣板戲之外，唯一值得注意

的創作就是浩然的《金光大道》（1974），這篇服務於路線鬥
爭、三突出和高大全（小說主角就叫高大泉）的長篇鉅帙，是
標準符合體制的著作。

　　文革以前的文學，由於作品必須是「喜聞樂見」的題材，
必須歌頌無產階級和人民大眾，打破不健康的價值觀和資本主
義的生活方式，進而改頭換面成社會主義新人的形象，雖然不
能完全否定這種「一言堂」式的小說，但茅盾放棄小說創作轉
而全力投入評論的工作、巴金在 49 年以後也只寫了幾篇和朝鮮
戰役有關的小說、沈從文入了新世界，只能鑽進古代的紡織裡、
胡風被整肅、路翎瘋狂，這些卻是再也無法彌補的遺憾。至於
一般都以 1976 年 9 月 9 日毛澤東死亡當作文革的休止符，但實
際上要到 1978 年十一屆三中全會結束後，文革才算真正落幕。
文革結束後，便浩浩蕩蕩地邁入「新時期」階段。

第三節　滄桑之後（1976～1999）

一、小說對共和國歷史的回顧

　　文革前的作品幾乎都有一個先驗的「主義」在操控作家的筆。文革期間，為廣大勞動人民服務已成了政治神話中被虛化的口號，通過樣板與宣傳，野心勃勃的政治家以真正「牛鬼蛇神」的姿態遂行其政治陽謀。文革結束後，一批批暴露文革苦難的作品陸續登場，由「傷痕」揭開序幕。劉心武的〈班主任〉（1977.11 號《人民文學》）公認是傷痕文學的宣言，這個由盧新華的小說〈傷痕〉（1978.8.11 上海《文匯報》）而「命名」的小說類型，如歷經徹骨寒冬後早春的花朵，不久便聚集了群起綻放的同類，或者為 76 年四‧五天安門事件平反（如：李陀〈願你聽到這隻歌〉）、或者檢討大躍進時期的路線錯誤（如：茹志鵑〈剪輯錯了的故事〉（1979））、或者突破禁慾主義的枷鎖，重新面對人性基本面需求（如：張潔〈愛，是不能忘記的〉），或者寫知識分子的災難（如：張賢亮〈靈與肉〉）。而在這些控訴的血淚聲音中，往往有著進一步思索的節拍，他們深入歷史的縱深，去「反思」中共政策錯誤的基本問題，如前所引，茹志鵑〈剪輯錯了的故事〉便是反思小說的先聲，此外，高曉聲的〈李順大造屋〉（1979）和〈陳奐生上城〉（1980）、諶容〈人到中年〉（1980）都是反思之作。

　　在傷痕和反思的作品中，專寫紅衛兵的小說是一個新發現，鄭義〈楓〉（1979）、李劍〈醉入花叢〉（1980）以及禮平〈晚霞消失的時候〉（1981），都是針對當時紅衛兵的殘酷

和現代迷信或批判或堆砌暴力血腥的作品，可惜水準不高、曇花一現[6]。在反思的基礎上，有人提出了「改革」的要求，首開先例的是蔣子龍的〈喬廠長上任記〉（1979，蔣在 80 年又有〈喬廠長後傳〉），一直到賈平凹《浮躁》和張賢亮《男人的風格》等挖掘人性在複雜的社會網絡中糾葛的關係的作品之後，改革浪潮才在達到高峰之後隱退，繼之而起的是更波瀾壯闊的知青小說和尋根熱[7]。

　　知青小說以上山下鄉為背景，小說中的中心人物或敘述者自然是知青。按照梁麗芳的研究，她將知青小說分成四期：第一期是 1979～1980 年，以揭露上山下鄉的殘酷面為主，打破文革的謊言，進而肯定人性的價值。重要作品有孔捷生〈在小河那邊〉（1979）和竹林〈生活的路〉（1979）；第二期是 1981～1983 年，主要寫回城後的徬徨與抉擇（如：王安憶 1981 年的〈本次列車終點〉）和對理想主義的回顧（如：梁曉聲 1982 年的〈這是一片神奇的土地〉）；第三期是 1983～1986 年，產生下放兵團與下放農村兩種不同的寫作路徑，前者如孔捷生〈林莽〉（1984），後者則以史鐵生〈我的遙遠的清平灣〉（1983）為代表；1986 年開始一直到尋根熱起為第四期，而小說的內容也繼續分化，有的探討人性（張抗抗 1986 年的〈隱形伴侶〉）、有的寫自傳（老鬼 1987 年的《血色黃昏》[8]），有的則寫有文化的人被沒文化的人同化的悲劇（陸天明〈桑那高地的太陽〉）（1993：24-28）。

6　1998 年梁曉聲出版了《一個紅衛兵的告白》，高居排行榜前幾名，這種以懺悔錄的形式出版的作品，顯然還是一個受歡迎的題材。

7　有關尋根小說請見本文第二章。

8　洪子誠將它歸為傷痕小說，見（1997b：110）。

二、西方思潮與商品大潮登場

　　經過文革的挫敗，有一群人亟欲在這片廢墟中重拾「人」的尊嚴、重建「人」的主體性，重新將「人」推向大寫。在閉關自守幾十年後重見天日，排山倒海而來的西方思潮，幾乎將這片荒蕪已久的鹽鹼地淹沒，現代主義的作品和討論在 1978 年正式被卞之琳、袁可嘉和柳鳴九等人引進中國大陸，而西方現代主義在中國被乾坤大挪移之後，那種原始的意涵已經改頭換面，成了標準的「西學中用」。這個和西方文藝復興有著類似歷史情境的時期，必須接納西方人道主義的觀念來打破神道主義（建國後到文革期間可謂進行了一場「造神運動」），必須藉民主與科學來滋補幾近回天乏術的沈痾和虛弱體質。但好景不常，1981 年開始了反對資本主義自由化運動，這些西方思潮成了反對陣營用來進行攻訐與資產階級掛鉤的產物，但由於作家主張學習西方現代派的聲浪朝漲暮湧，一個將現代派技巧分離出來的辦法，成了能夠讓文學遠離政治的最佳方案，此時高行健寫的《現代小說技巧初探》（1981）正好滿足了這樣的需求。

　　高行健這本書問世後，立刻引起王蒙、李陀、馮驥才和劉心武等人的通信討論，雖然他們對現代派的理解未必正確，但卻都集中地吸取了該書引介的「技巧」。雖然是為了遠離政治而將現代派的小說技巧非意識型態化，然而在實際運用後，卻往往浸透了意識型態。莫言〈枯河〉[9]（1985）中的超現實手法，正是在「現實」的基礎上變形改造而來，裡面有強烈的反主流（小說故事的時代）意識形態。這場現代派論爭，在歷經 1983

---

[9]　有關莫言〈枯河〉的分析，請見本文第四章。

年 10 到 12 月的反自由化、反精神污染運動（1984 年時餘波尚
在）後，終於在 1984 年 8 月胡耀邦關於文藝界要反「左」的呼
籲和同年 10 月 20 日的十二屆三中全會後畫上句點，而這一切
導致 85 年的文學空前繁榮[10]。

　　幾個重要的評論家（陳曉明、曹文軒、劉再復等）都著重
探討了文革後的文學思潮和流派特徵，而研究的進路也不外以
文革這個關鍵的政治事件為分期，將新時期的現實主義和五四
時期的現實主義做對照分析，進而將「圍牆倒塌以後」，由國
外引進的現代派、現代主義、後現代主義對中國境內文學的影
響做了一些深刻的比較研究，然後集中探討文學的審美特徵。
劉再復藉由巴赫金（M. M. Bakhtin）的理論來說明中國大陸幾
十年來的美學原則和文學生態，他把 50 到 70 年代當成獨白時
代，70 年代末到 80 年代上半期是過渡，而 80 年代中期以後則
進入複調時代（1995：5）。陳曉明則將 80 年代文化潮流來源
歸納為思想解放運動和對西方現代思潮的追逐兩個方向，並認
為現代派是由於解放後的反叛和寫作壓力的一頭熱所致
（1993：13），而筆者以為不能忽略 85 年 9 月到 12 月詹明信
（F. Jameson）在北大的講座，對 80 年代中期以後的知識界起
了相當大的作用。對於當時將西方現代主義和後現代主義同時
雜揉引進中國境內的現象，筆者較傾向於陳曉明的看法，他認
為「中國實在缺乏『現代主義』生長的文化根基和精神狀態」
（ibid：15），而「只有『後現代主義』這種無根的文化才能在
當今中國無根的現實中應運而生」（ibid：16），陳曉明同時指
出，1984 年《百年孤寂》在大陸出版，是因為它在 1982 年得了

---

[10]　這一年，莫言發表了著名的〈透明的紅蘿蔔〉。

諾貝爾文學獎，且正趕上了當時大陸正在醞釀的「文化論爭」的現實背景（按：李慶西、阿城等青年作家和評論家在 84 年 12 月於杭州的聚會便是一例），《百年孤寂》對文壇最直接的影響是尋根文學的產生，並因此為大陸作家生產了新的小說觀念和敘述方式（ibid：16）。

曹文軒則認為薩特的存在主義、弗洛伊德的性力說和叔本華、尼采的悲劇哲學是外來文化對八〇年代中國較大的三次衝擊，而他們的影響力藉由知識階層「有意無意」地傳入了社會其他階層。（1988：6）曹文軒的見解基本上是不錯的，但是影響力是否真的那麼大，或許有待商榷。曹文軒的著作發表於 1988 年，討論的現象自然是落在文革後到 87 年底之間，然而實際上在 80 年代後期，中國大陸便邁入了所謂跨國資本主義的階段。1987 年 10 月 6 日，北京第一家肯德基家鄉雞快餐連鎖店開始掛牌營業，而百事可樂、麥當勞等「托剌斯」，也相繼在這個擁有十億人口的國家據地為王[11]。筆者認為「主義」的影響並無法像曹文軒預測的那樣浪漫，相反地，它勢必只是知識分子的「食物」——而大多數知識分子都是速食者，知識分子在大呼主義、宣揚某種意識和信念的同路人時，那些主義外的過路人正被消費吞噬著，（文學／文化）批評孤單地成為少數知識分子之間過招的「餘興節目」，收視率很低[12]。知識分子過分地強調了文

---

[11] 參考沈之、鄭曉琳編的《全國山河一片紅》，p126，北京：團結出版社，1993，初版。此書乃彙集當時國內外報刊公開發表的文章而成。

[12] 程德培在〈消費文學——商品消費大潮衝擊下的新時期文學分期〉一文中指出，90 年代初雜誌一般只有一萬份左右的訂量，而且平均每年還在以 7%到 10%的速度下跌（收錄於張寶琴，1995：370～371），而根據筆者對《亞洲週刊》的整理——由於年代太久，無法全面處理 90 年代，從 98 年 6 月 1 日（12 卷 22 期）迄 99 年 5 月 23 日（13 卷 20 期），北京（三聯韜奮圖書中心）、上海（新華書店）、成都（新華）和廣州（新華）四

學對百姓的影響，是高估了後者的接受能力和意願，同時低估
了消費社會的腐化誘力，而至於農村或者都市邊緣的低收入人
口，「精神食糧」是奢侈的。

　　所以陳思和的眼光顯然還是知識分子／菁英文化的，他從
無數的碎片和粉末中，這正是 90 年代的文學本潮──撿拾能映
照這個「無名時代」（1995b：序言）的不同鏡像，企圖拼湊出
一個世紀末之門。然而實際上，90 年代以降的知識分子已經不
能再被視／自視為群眾的導師，知識分子的自律性在市場經濟
的他律性的攻堅之下，只能退守邊關，甚至閉關自守，尤有甚
者乾脆陣前倒戈或者另起爐灶，成為商品大潮中的一朵浪花。
儘管莫言不情願編劇，蘇童也覺得眾人只關注他何時「為電影
寫小說」嘆氣、馬原上山下海就為了拍一部大型電視系列片，
而王朔甚至開啟了「海馬影視創作室」。不管委不委屈，自動
還是被動，這些人都直接間接地和商業發生了關係。

　　80 年代中國第三和第四次的技術革命成效雖不甚顯明，但
卻已構成那些處於社會文化前列的人心理上不小的衝擊，然而
隨著幾次的商品大潮，90 年代的中國，已成了名符其實的資本
主義社會，大城市甚至是跨國資本主義的競技場，小鄉鎮也亟
欲擺脫貧困，早日躋身商業舞台。事實上中國從 1979 年設立五
個經濟特區開始，在沿海城市陸續跟進之下，中國這條「有中

個大城市的每週書籍銷售排行榜中，除了余秋雨的散文（《山居筆記》和
《文化苦旅》）一路長紅外，其他能上榜的嚴肅作家的小說只有余華（《活
著》，《鐵屋中的吶喊》及《在細雨中呼喊》）和賈平凹（《高老莊》），
而上榜也只座落在其中一到兩個地區，上榜週數最多三個禮拜；此外，「痞
子」王朔的《看上去很美》則曾經高居北京地區一週榜首。榜上有名的多
半是歷史傳記（尤其北京）、商業性和實用性（尤其上海）或其他工具書，
有趣的是渡邊淳一的《失樂園》長在榜上，「很快樂」。

國特色的社會主義」道路雖然持續向前奔馳，卻畢竟危機伺伏，從 85 年一直到 89 年，大陸物價指數持續飆漲，到 89 年年底達到頂點。發生於 89 年的天安門事件，便是在貪官汙吏、物價膨脹和經濟過熱等因素下產生[13]。

三、先鋒以降

　　誠如陳曉明所說：「當代中國走向現代化引發的社會變化最顯著的方面，還是社會心理、價值觀念和行為方式方面。」（1993：19），改革開放讓市民文化在沈寂多年的中國重生，先鋒派便是在這樣的文化潮流沖激下應運而生。目前一般將蘇童、余華、格非、馬原、殘雪等人劃入先鋒派作家範圍，「他們深陷維谷，徘徊於文明的邊緣，遠離現實而身後沒有歷史，

---

[13]　在此補充說明的是四・五天安門事件。1966 年 4 月 19 日，「十年浩劫」正式展開。1976 年初，國民經濟瀕臨崩潰的邊緣。1976 年 1 月 8 日，周恩來病逝，舉國哀慟。由於周恩來在文革中一直保護幹部、穩定經濟，故深得民眾的敬仰。是年 3 月下旬起，人們藉掃墓風俗在北京以至全國各地，掀起了一場悼念周恩來、反對文化大革命的群眾運動。在十幾天之內，數以百萬計的民眾不顧當局禁令，前往天安門廣場敬獻花圈，哀悼周恩來，同時，以大量詩文表達反對當局的政見，如秦始皇的時代已經過去、打倒當代慈禧太后等，矛頭指向「四人幫」，並影射他們的大後台毛澤東。
　　4 月 5 日，由於當局的阻撓，事態逐漸擴大，群眾要求歸還被沒收的花圈，釋放被秘密警察抓走的人。但由於當局根本不加理睬，於是憤怒的人群掀翻了車輛，放火燒了廣場上的公安指揮部。毛澤東及「四人幫」於是下令當時的公安部長華國鋒等進行鎮壓，從外地調來大批軍隊，又動員十數萬首都工人民兵，用木棍、鐵棒、槍桿等為武器，漏夜血洗天安門廣場。這就是震驚中外的 1976 年「天安門事件」（又稱「丙辰清明」慘案）。
　　事件之後，北京第二外國語學院漢語教研室十六名教師用一個「童懷周」的筆名，向社會徵集當時散失的作品，並選編成包含一千五百多篇作品的《天安門詩鈔》。由於詩歌在此一政治事件中佔了重要地位，所以文學界稱之為「天安門詩歌運動」，而它毫無疑問對中國當代文學與詩歌產生重大的影響。至於詩歌藝術與品質問題，由於不屬本論文之範疇，故在此不論。（參見洪子誠，1994：228～234）

寫作構成了他們生存的要義，成為他們精神超度的唯一方式」
（陳曉明，1996b：1），表現在文學風格上，最突出的便是他
們特殊的敘述語言和個人的創新意識，而先鋒一般也被人冠上
「實驗」之名。就在學術界和文學界理論爆炸（其實是一種匱
乏）之後（或接近尾聲時），另一股追求直接經驗和熱衷於對
生活瑣碎事物表達的「新寫實小說」悄悄興起，並且旋即引起
注意，方方、池莉首開先聲。這種在文化中心解體後，將生活
以還原的方式訴諸於文字的「新」寫實小說，在技巧上和傳統
寫實主義並無太大差別，「新」純粹就其和傳統精神價值取向
相悖而論。步入 90 年代，「後」新時期的最新敘述話語，是一
種將主觀對外部的投射和對外在世界融合的新的表述策略，「是
中國大陸文化自身消費化和市場化的結果」，這種來自於「當
下文化所出現的深刻的斷裂性」（張頤武：112），而被稱作「新
狀態」的小說，就是以陳染、林白、韓東和張旻等人為主力作
家，對當下「狀態」所做的書寫反應。

　　1998 年 9 月，首屆中國當代女性文學獎在北京頒發，其中
共 30 位獲「創作獎」，15 位獲「建設獎」，後者全是學者和評
論家，45 位獲獎人當然清一色是女性[14]。90 年代末一種女性私
語小說出現，林白、海男等新銳作家，突破傳統的寫作模式，
凸顯女性的經濟、都市生活和身體語言，她們有的「師承」張
愛玲，有的是前衛的上班族，但相同點是相當忠於自我，這看
起來似乎是文壇的好現象，但很難保證，這樣的「美景」能持
續幾時？90 年代末的中國大陸，不斷吸引外資[15]，鞏固人民幣

---

[14]　資料來源於〈女性文學別具魅力〉，收錄於《亞洲週刊》，1998.11.9.～15.
　　（12 卷 45 期）p105。
[15]　以台商投資大陸為例，80 年代中期便有台商進駐大陸，92 年更出現大陸

值，二十年來，社會主義市場經濟讓大城市的進步不可同日而語，但貧富和城鄉差距[16]、人口過度集中都市以及下崗等問題卻日益嚴重。而根據中共「一個中心（經濟建設）、兩個基本點（四個堅持和改革開放）」的政策，想要挽救嚴肅文學，仍是一個悲觀的問號[17]。

熱，大陸熱之後截至目前，有三次低潮：飛彈危機（1996）、「戒急用忍」（1996）以及亞洲金融風暴（1998），而這三次低潮也不過各維持了幾個月。而根據《1998年上海統計年鑑》（上海市政府統計局，1999年1月號，p120）的統計資料，可以清楚地看出外商投資大陸的情形（此表經筆者整理而成）：

國　別	簽訂合同企業數（個）		實際吸收外資金額（單位：百萬美元）	
	97年當年	迄97年止	97年當年	迄97年止
香　港	526	7,112	175,613	954,973
美　國	250	2,241	85,573	322,006
日　本	266	2,248	46,105	206,983
台　灣	229	2,398	16,173	106,298
新加坡	122	763	37,291	80,037
英　國	54	309	15,580	66,085
德　國	36	201	8,595	44,283
南　韓	42	182	22,499	31,834
加拿大	36	338	1,185	19,891
澳　洲	32	284	6,558	13,682
法　國	17	99	529	12,581
意大利	12	70	116	6,955

根據該年鑑資料說明，吸收外資入本國經營的世界排名，第一為美國，第二為中華人民共和國。

[16] 根據1999年2月2日上海東方電視台的報導，上海市民前20%和後20%的收入比相差14倍。

[17] 現今大陸最受歡迎的書籍之一是以消費文學取向為主要路線的布老虎叢書。

第四節　莫言的文學創作道路

一、莫言的作家夢

　　前文用大篇幅寫了自1942年迄今的中國大陸政治氣候和文壇風景，便是試圖鋪陳出莫言以及莫言小說成長的時代內容。這樣的時代氛圍造就了莫言，而莫言造就了他的小說。尤其在小說（界）的普遍性當中，莫言究竟有何獨特性，他是否找到了走向世界的通行證？這是本文要研究的問題。以下先從莫言的生平著手。

　　莫言[18]，1955 年 2 月 17 日生於山東省高密縣大欄鄉平安庄，在父親那輩尚未分家前，家裡共有三十一個人，莫言原本是家中的老么，但自從叔叔的小孩誕生後，就失去了「恩寵」。莫言出身上中農家庭，爺爺敦厚樸實，奶奶和藹慈祥，兩人都善於說故事，如同馬奎斯（奶奶）一樣，提供莫言多樣的故事題材。莫言父親讀過幾年書，有點古代讀書人的氣息，但基本上還是個農民，母親溫柔傳統，筆者估計莫言的敏感纖細有很大部分遺傳自母親，莫言還有一個村裡第一個考上大學的大哥，一個最後跟牧羊人跑了的姊姊，和跟他搶書讀的二哥。

　　莫言小時候就是個書迷，中國古典小說（《封神演義》、《三國演義》、《水滸傳》、《儒林外史》等）和文革前十幾部著名小說（《青春之歌》、《三家巷》、《破曉記》、《鋼鐵是怎樣煉成的》等）都深印在他的腦海。由於書讀得多，無

---

[18]　有關莫言的生平及創作年表，請參閱附錄一。莫言散文集《會唱歌的牆》
　　（海天出版社，1998.12 初版）中，也有幾篇莫言自述性的文章。

形中激發了莫言寫作的潛質，小學時，那位和莫言關係由好轉壞的張老師[19]，便曾公開讚揚他的寫作能力，然而卻在文革時因為不一個觀點而將他開除。莫言說：「恨文化大革命斷送了我的前程」（1998c：183）。

後來，一個山東師範學院中文系的畢業生，被劃入右派遣返老家勞改時，由於和莫言同一個生產隊而結識莫言——後來「拐跑了」莫言的姊姊。他幫莫言編織著他的作家夢，其中一個很大的原因是：能吃飽。不幸中的大幸是，莫言不須上山下鄉，也沒有成為紅衛兵，為了提高家庭成份、改善環境，莫言在 1976 年文革結束前當了兵，幹了不少事兒，可一直要到 1981 年，在保定的一家地方刊物《蓮池》上發表了處女作〈春夜雨霏霏〉，莫言才算又向他的作家夢進了一步。到了 1984 年 9 月，莫言被解放軍藝術學院「破格」錄取（因為過了軍藝報名期限），可見徐懷中[20]對他的賞識。85 年春，莫言便以中篇小說〈透明的胡蘿蔔〉轟動文壇，來春又以〈紅高粱〉掀起「莫言旋風」，莫言的作家夢，於焉正式實現。

莫言當然不會因此而滿足，迄 1999 年 5 月，莫言共出版過長篇小說八部，中、短篇小說數十篇，此外尚有一本散文集及多篇短文。莫言以「真實的」夢，通過文字的附麗，完成他渴望已久作家夢，這個對小說成癖的「夢」遊人，其實正是他在〈關於余華及其小說的雜感〉一文中所下的標題：「清醒的說夢者」。

---

[19] 張老師原本很賞識莫言，但後來因為莫言辦了《蒺藜造反小報》，和他觀點互異而遭到冷落。（參見莫言 1998c）

[20] 徐在當時便在軍藝任教，莫言自稱徐是他的恩師，但這與保薦莫言入學無關。

二、創作的歷程

　　莫言在 81 年首度公開發表小說，在創作的 18 年期間，莫言除了重新以不同的方式參與過去之外，並將視野投注現在、寄託將來。回顧 50 年來中國當代文學，莫言往往只是和當時某某流行思潮擦肩而過，碰到了，也只是技巧上的借鑑（莫言的作家夢，讓亟欲創作的他，沒心思讀完當時引進的國外作家的作品，而目前亦並無充足的證據證明，作家莫言當時究竟讀過哪些外國小說，而那些小說的作者是否受到了何門何派的影響，亦不得而知，相反地，若是那些小說家「師出有門」，作家莫言無形中便受到這樣「名門正派」的「思想上和藝術手法上」的潛移默化，90 年代末的莫言，「深怕受到別人不良的影響」[21]），談不上模擬。我們不妨讓莫言本尊來現身說法：

> 　　馬奎斯喚醒了我心中的一個大夢。……。他喚醒了我的夢，並沒代替我做夢。我甚至可以說，即使沒有馬奎斯的影響，中國也會出現馬奎斯式的文學。（施叔青，1989：64-65）

> 　　我想不只對我個人，對所有的中國作家實際上都產生了很大的影響力，尤其是新時期的作家，我想哪一個也不會說沒受過他們（按：馬奎斯和福克納）的影響，但是他的受影響和完全模仿他的創作還是不是一檔事兒。（本文附錄二）

---

[21]　有關莫言讀過什麼小說大約可由《會唱歌的牆》和本文附錄二可知一二。

自從莫言在 1986 年《世界文學》第 3 期中發表〈兩座灼熱的高爐〉後，便引來評論家論證莫言模仿馬奎斯和福克納的說法。莫言在此文中承認在 1985 年中寫的五部中篇和十幾個短篇在「思想上和藝術手法上」，受到了外國文學極大的影響，尤其是馬奎斯的《百年孤寂》和福克納的《喧譁與騷動》。但「藝術上的東西，總是表層」，莫言認為《百年孤寂》真正值得借鑑、拓展他視野的是作者的哲學思想，是他獨特的認識世界和認識人類的方式。而對於福克納，震撼他的是作家落寞又騷動的靈魂裡，始終迴響著的一個憂愁又無可奈何卻又充滿希望的主調。在這篇短文最後，莫言開闢了自己將來創作的「宣言」：「一、樹立一個屬於自己對人生的看法；二、開闢一個屬於自己領域的陣地；三、建立一個屬於自己的人物體系；四、形成一套屬於自己的敘述風格。這些是我不死的保障。」綜觀以後十三年，莫言的確做到了當年的宣示，當然同時也招來了褒貶不一的評價。

在不斷創新，不斷嘗試以新的方法來寫作之餘，莫言告別現代派的技巧，開始以瑰麗的幻象、奇詭的色調、壯美的畫面來構築他的小說世界，而這樣的世界仍然和他的夢境和故事有關：

> 十幾年前我剛開始學習寫作時，遵循的是所謂的「革命的現實主義」的創作方法，……。這種「主義」很快就被覺醒了的作家們拋棄了，因為這種「主義」必然通向虛假和矯揉。我在八〇年代中期覺悟到小說應該天馬行空，無拘無束，於是有了《紅高粱家族》等熱血澎湃的小說。但這種熱情很快便消失了，我自己認為這是進步而不是退步。

> 一個小說家能寫出多種多樣的小說，把自己的某一時期
> 的感情物化在小說中。我在今後一段時間內還想寫些神
> 神怪怪的小說，心情改變了，也許會改變樣式，但老祖
> 父的方法，永遠是暗夜中引導我前進的一盞燈籠。

上述文字是引自莫言 1993 年 7 月 4 日在《中國時報》人間副
刊發表的短文〈好談鬼怪神魔〉，我們看見莫言自述自己創作
的改變。這些天馬行空、鬼怪神魔始終是莫言小說形式內容、
內容形式二而一的資產：「小說有無技巧？當然有，但技巧是
無法脫離內容存在的，這一點我堅信馬列主義教科書上有關
『內容與形式』的論述」（莫言：1988❶）。即便是《十三步》
和《酒國》這兩部實驗話語與虛實相映的長篇，也脫離不了這
樣的定律，這樣放肆的節奏，到《食草家族》達到一個瘋狂的
臨界。

　　時序進入 90 年代，莫言的小說並沒有隨著商品大潮和文化
的痲痺而墮落，相反地，他諷刺經濟的成長斷喪了人性，而文
明吞噬了原始。他在 1996 年發表了五十萬言的長篇《豐乳肥
臀》，1999 年又出版了新作《紅樹林》，莫言再一次地將歷史
的視角延伸，並將空間的觸角伸入城市，這標誌著莫言創作的
新里程。

　　對莫言而言，語言不是再現（represent）世界的工具，而是
某種獨特的經驗存在。因此我們可以將莫言和莫言小說中的生
活經驗、政治事件、社會現象和鬼怪神魔都當成文本（text）來
對待，而這些文本彼此互涉（intertext），構築成一座莫言小說
共和國。這樣的結果便是每一個文本非但參與了由他自身所建

構的符號系統，同時更以論述的方式進入社會，與真實世界發生聯繫（這或許正是莫言的敘述策略）[22]，通過內在於文本的政治無意識（political unconsciousness）[23]，莫言逼顯出時代的真像。處在世紀之交的當口，莫言不再扛著堅硬的鎧甲，也不再舞弄著「雄風」和「狂氣」，取而代之的是隨著年齡增長而有的沈潛和智慧。邁入新世紀初，「神聖的祭壇」（莫言語，間引自張志忠：288，292）已經在莫言心中有形，回顧莫言，從下一頁（世紀之頁 / 本文之頁）開始。

---

[22] 舉例而言，莫言筆下的高密東北鄉，只是一個文學上的意義。東北鄉這個能指（signifier）指稱的所指（signified）是無限擴展的，它並非固置在一個框架中，它不僅僅在於補充記憶的不足，或者對抗時間的腐蝕，這便是東北鄉作為一個符號系統的組成與穿越。

[23] 政治無意識是 F. Jameson 的理論，意指意識形態所壓抑的「歷史真實」，它內在於文本，而文本體現它的內涵；想要「知道」歷史，便必須將之文本化和敘述化。Jameson 傾向於把文本看成多種意識形態交織而成的聲音。

第二章　家族史

第一節　家鄉的魅力

　　環境和區域等空間上的概念在中外文學研究上已經不是一個新鮮的話題。法國文藝理論研究者丹納（H. A. Taine）在 19世紀 80 年代便已經提出決定文學現象的「時代、環境、種族」三個因子的說法；而中國至晚在梁‧劉勰的《文心雕龍》中，也注意到了南北文學（楚辭和詩經）的發展現象。在魏建和賈振勇合著的《齊魯文化與山東新文學》中，對「區域文化」做了如下解釋：

> 本質上是一種單位空間範圍內的文化傳統。它是一個空間地域與另一個空間地域之間保持各自連續性和同一性的文化傳統。它是由一定區域內的社會制度、宗教信仰、價值觀念、風俗習慣和行為方式等方面所構成，……隨著時代和社會的變化，區域文化也必然會發生相應的變化。尤其是當著中國的封建制度解體，固有的價值觀念減弱了它的規範力量的時候，這種變化更為明顯（37～38）。

《齊魯文化與山東新文學》對山東半島的文化史和文學史做了詳盡的分析研究，在魏建和賈振勇兩位的研究基礎上，我們試圖從環境的因子來看莫言的小說，似乎可以提供一個新的面向。

　　大凡一個地方的命名，都涵蓋了當地的歷史與記憶，其中
可能是開疆拓土時的豐功偉業，可能是先民初造時的荒涼景
象，可能是方位，也可能是信仰，但往往也有名實不符的情況
發生，這樣的差距多半是與時變遷後，物換星移的結果。然而，
名稱與實質、論述與現實、甚至現實與記憶之間產生的落差，
鑲嵌了當地人民生存和繁衍的隱喻，而這樣的落差，正提供了
作家和讀者乃至評論家馳騁想像的時空，在這個時空下，有錯
綜複雜的家族譜系（如莫言的《豐乳肥臀》），有重構家族輝
煌燦爛景象的欲望（如莫言的《紅高粱家族》），當然也有自
暴家族黑暗面的勇氣（如張煒的《家族》）以及鋪陳家族興亡
史的耐力（如李銳的《舊址》）[1]。

　　莫言曾經說過，「作品不一定是作者生活經歷的實錄性自
傳，但它應是作者心靈上情感經歷的自傳，是一種潛意識的發
洩。」（文學評論記者，1986：44）。在莫言鋪陳他「心靈上
情感經歷的自傳」時，我們不能忽略了下列事實，亦即人類的
種族遺傳記憶。它們在經過世代的不斷篩選淘洗後，總是指向
過去或集體潛意識（collective unconsciousnees）[2]，或本能化了

---

[1]　我這裡列舉的小說當然不只如此簡單，但由於溢出本文討論的範圍，故不
　　詳論。而若有論及齊魯文化的部份，皆參考了《齊魯文化與山東新文學》，
　　特此說明。

[2]　根據榮格（C.G.Jung）對集體潛意識的說法是，它的內容從未出現在意識
　　之中，也就從未為個人所獲得過，其存在完全通過繼承和遺傳而來，由「原
　　型」（archetype）這種先存的形式構成。它既非思辯的，亦非哲學的，而
　　是一種經驗質料。而所謂原型，是一種無法具體言明的「存在」，只有通
　　過後天的途徑才有可能為意識所知，它賦予一定的精神內容以明確的形
　　式，生活中有多少個典型環境，就有多少個原型。無窮無盡的重複已經把
　　這些經驗刻進了我們的精神構造中，它們在我們的精神中並非以充滿意義
　　的形式出現，而首先是「沒有內容的形式」（forms without content），僅
　　僅代表著某種類型的知覺和行動的可能性。當符合某種特定原型的情景出

的先人經驗。人類心理上對自身安全感的來源是回歸母源子宮這個孕育人類生命的溫室，因此在一定程度上，莫言尋找創作來源（高密東北鄉），就是一種回歸母體／本源的潛在欲望。在這樣的狀態下，懷舊（nostalgia）成了無可避免的一種變體形式，只有通過懷舊，才有生產的激素和養分，而藉助文字將懷舊時激發的情緒和記憶的固化或物化，莫言也不斷檢視自身的生命，同時拆解「歷史」的真相，在這個層次上，莫言的懷舊雖然有很大程度的想像（王德威稱之為「想像的懷舊」），但卻不會和虛無扯上關係，更不會退化成一具逃避現實的外殼[3]。莫言在〈紅蝗〉中有一段話是這麼說的：「在任何一個源遠流長的家族的歷史上，都有一些類似神話的重大事件，由於這些事件對家族的命運影響巨大，傳到後來，就必然蒙上了神祕的色彩。」（1993c：35），筆者以為這便是一種集體潛意識的表現。

　　莫言回到了他生於斯長於斯的高密東北鄉[4]，如同魚重新回到了海洋，那種書寫的物質能源（material energy）和精神力量（spiritual power）隨之源源不絕湧現。農村是一個論述，莫言談論的便是農村這個時空背景，可以說，高密東北鄉是個公分

現時，那個原型就復活過來，產生出一種強制性，並像一種本能趨力一樣，與一切理性和意志相對抗，或者製造出一種病理性衝突（參考榮格，1990：pp27-89）。在中國這個 context 下，莫言小說中的一切先驗或超驗形式，諸如神話鬼話和對土地的敬畏等精神，應該都可以劃歸為集體潛意識的呈現。

[3]　莫言最初寫高密東北鄉並非刻意為之，而是在馬奎斯和福克納的「意外刺激」下，發現新大陸。這樣的轉向並不屬於懷舊光環籠罩下的結果，但一旦精神回到這個「最英雄好漢最王八蛋」的地方，便無可自抑地淪陷下去，莫言的精神始終沒有離開這裡。

[4]　這裡指的是身體和心靈兩方面。

母，其上承載的是無數和斯土斯民有關的分子群。據此，我們可以把農村視作一個可供閱讀的文本，而文本的創作者是生活其中的作家／莫言／人，透過不斷地人的活動，對農村進行不輟的書寫，然而莫言敘述話語的再現，已不再是以東北鄉景物做機械性、物質性再現的產物，他小說中所蘊藏的再現與真實之間的關係，我們不妨將之納入一個更廣闊的視野來討論：

莫言利用時空和事件交織而成的記憶網絡，包含了不同的故事、情節、影像、氛圍、情緒和感覺，當然更包括了記憶的記憶，一種為了滿足小說創作（to satisfy the satisfaction of fiction）的虛構滿足（fictional satisfaction）。莫言、余華和蘇童都承認虛構的魅力，虛構是一種欲望的形式，而欲望是對應著匱缺和不滿而生的追求和彌補，而這種奠基在想像（imagination）和幻想（fantasy）之上的創造（creation），卻不全然出於作家主觀的臆測和猜想，作為哺育人類──至少是哺育了作家莫言的黑土地，正以其固化的形式賦予欲望形式，或者說是欲望的空間化，在這個微小／龐大的空間中，俯拾即是的欲望，構成一種原始本能的寫作衝動，文字成了記錄欲望、呈顯欲望的媒介。

若是落實在語言層次上，小說高密東北鄉的物件，包括房舍、牲畜、人物、植物、氣候、地理等等能指（signifier），都有它們相對應的所指（signified），諸如衣食溫飽、精神象徵、風俗習慣等等，總的來說，這些標記與字句構成了符號，然而就其本身而論，它們的符號功能不再有用，亦即文學上的高密，並不是地理上的高密的照相式再現，而是指示了其他東西，一個文學上虛擬／虛實掩映的時空環境。如若綜合起來觀之，這些「符號」又構成了另一個符號系統的能指，亦即「在神話的

層次上」[5]，而在神話層次上，新的所指成為「在高密意味著什麼」？針對某些特定的讀者和評論家，這種「意味」暗示了他們對高密的好奇心和吸引力。

襲鵬程在〈胡說莫言〉（參見楊澤編，pp349-357）一文中，似乎全盤否定了目今對莫言的一切「推論」，其中有關地域淵源一事，我想足供商榷。莫言不是說過嗎？「老鄉見老鄉，兩眼淚汪汪」，更何況老鄉中有一個這麼出色的祖先蒲松齡呢？（這是廣義的「老鄉」，莫言的家鄉大欄鄉和蒲松齡的淄博實際上相距三百里）所以說莫言躡事前賢是不為過的，但這仍是莫言一貫的「借鑑」。蒲莫二人在際遇上可說沒有相同之處，蒲松齡因屢試不第而有滿腹委屈因之發憤為文，相較之下，莫言的「考運」便沒有那麼糟，而且具有碩士學歷——雖然他在小學五年級時因為和老師不一個觀點而遭退學，到他再度進入軍藝文學系，中間有過十八年的「學歷空白」，但兩人在精神上對社會的批判卻是相通的[6]。而山東這個「鬼」地方，那些怪力亂神，（孔子不語「怪力亂神」是否正反應了齊魯民間橫肆這些「鬼話」？）代代相傳，莫言當然成了遺傳的一份子。

「故鄉留給我的印象，是我小說的魂魄，故鄉的土地與河流、庄稼與樹木、飛禽與走獸、妖魔與鬼怪、恩人與仇人，都是我小說中的內容。」（莫言語，間引自魏建，249）。十年前（1989），34歲的莫言在接受施叔青的訪問時說道：「一個好

---

[5] R.Barthes 在 "Mythologies" 中指出，在神話的層次上，所有的符號（其自身的能指與所指的對應關係）都成為另一個新的能指，亦即被另一個更高層次的符號系統重構。

[6] 魯迅不是也對故鄉的紹興戲情有獨鍾嗎？尤其是那〈女吊〉，而他對宋代陸游、明代王思任等故鄉先輩也滿懷敬意。讀者在魯迅的筆墨中可以見到越文化對他精神氣質的潛移默化。

作家是應該聽到大地悲愴的長歌的，……，土地在嘆息、呻吟、悲歌，負載著先輩不死的魂靈——每當想起這些我就激動不安。」（80）「我是個喪失了歡樂權的漂零者，因此必須寄生在一種色彩艷烈的悲劇裡，高密東北鄉的歷史與現實都具有大悲劇色彩，我必須依附著它」（81）。儘管莫言在十年後（1999）自覺當時年輕氣盛，方有斯言，但我們還是能夠看出在此之前的高密東北鄉的「大」哉斯土！莫言將眼光沈積在故鄉的土壤中，滲透到高密東北鄉的古老靈魂裡，他並未淘洗汰去其中的渣滓，而是和盤托出，一饗讀者。這樣的小說景致，具足地表現在他的小說上，他的家族小說，首先為他做了見證。

第二節 新歷史、鄉土與尋根

80 年代中後期的中國大陸是被評論家冠上「先鋒」和「新歷史」等主義標籤的年代，毫無疑問地，這群有著和法國 avant-garde 不同血緣和體質的一群，只是中國式的「先鋒」，而他們筆下的，始終為評論家津津樂 / 哀道的「歷史」，更如同索命的斷腸散，讓評論家的思想腸胃攪在一塊兒，要到肝腸寸斷，至死方休[7]。盧卡奇（G.Lukacs）認為，歷史小說的主要材料在於包含了公眾和私人的事件，而其中的主要人物不是過去真實的人物，便是涉及過去真實事件的一個捏造的人物。有些歷史小說家大量挪用當代人物的內心世界來詮釋歷史人物，而這類的時序錯置（anachronism），通常有重要意義和娛樂效果，而和其他歷史小說的墮落形式（deteriorated forms）──包括歷史傳奇故事（historical romance）同盟[8]。而新歷史主義則是在受到福柯（M. Foucault）、德里達（J. Derrida）、巴特（R. Barthes）和拉康（J. Lacan）有關語言寫作和主體分化概念的影響，並擷取了巴赫金（M.M.Bakhtin）有關狂歡節（Carnival）和對話理論的概念以及法蘭克福學派（Frankfurt School）有關政治和美學的理論下產生[9]。

---

[7] 先鋒小說和新歷史小說的「歷史」一直無法有清楚的分界，至於討論新歷史主義和歷史主義、歷史小說和新歷史主義小說的文章在大陸汗牛充棟，可參見本文所列參考書目之期刊論文部份，今不於正文中贅述。

[8] 盧卡奇的詳細說明見其著作 *The Historical Novel*，今引自 Roger Fowler(ed)，*A Dictionary of Modern Critical Terms*，Routledge，New York，pp114-115,1995（1 st published）

[9] 有關新歷史主義的概念，參考了張京媛主編的《新歷史主義與文學批評》，北京大學出版社，1997 年初版 2 刷。

　　陳思和認為：「也許正是為了同現代生活保存一定距離，才有了新歷史小說的嘗試，作家們才選擇了民間自在生活，用民間社會的演變來重構歷史」（1995：85）。傳統的歷史觀將歷史當成一個可供客觀認識的對象，它獨立於一切「外在」的存在物，諸如研究歷史的認識主體、使用工具等等，要想「再現」歷史「真實」，或者由歷史中發掘「教訓」和「真理」，便必須將研究歷史的認識主體客觀化，使用工具透明化方有可能。然而這些說法都遭致新歷史主義的非議，因為無論認識主體或者使用工具都不可能「外在於」歷史，他／它們無論在觀點和視野上都被限制在一定的歷史時空之內，成了歷史的積澱，因此歷史是解釋的而不是發現的，新歷史主義的「新」，正是建立在反客觀實在論的歷史觀而發展起來的。

　　筆者以為，先鋒派小說把興趣投注在中國古代史苟延殘喘的尾聲，那種殘破陰森的氛圍，與其說是懷舊，不如說是告別，在構思上，他們試圖在文學的美學風格開創出一種「新」（「新」並不意味和「美」劃上等號）的歷史情境和民族心靈的迴光返照，但是在文字的敘述上，他們處處顯得無能為力、左支右絀，面對歷史的無法挽回，講述歷史只能成為一隻沈鬱憂傷的旋律。同樣基於對歷史的正視，先於這一批先鋒的「尋根文學」，則是在文化斷裂後，對傳統、對古文化的一種回溯和探尋的行動。新歷史和尋根都和時間有密切的關係，而尋根則又關係著鄉土這個亙古的主題，在新歷史小說和傳統歷史觀的文本互涉（intertextuality）中，或許正提供了一則則「新」的美感經驗，它賦予「過去」新的意涵，新的「虛構」深度，在這種新的歷史風格的建構下，「新」歷史取代了傳統歷史的地位。

　　蘇童的言談或許可以表達「新歷史」小說家的心聲：「過去和歷史對於我是一堆紙質的碎片，因為碎了我可以按我的方式接起來。縫補疊合，重建我的世界。我可以以歷史關照現實，也可以不關照，我可以以歷史還原現實，也可以不還原。因為我給自己留下了時間和空間的距離，我的寫作也便獲得了一個寬廣的世界，我寫作的樂趣常常也在於此。」（沈葦、武紅，1997：199）。

一、鄉土與尋根

　　魯迅在《中國新文學大系》小說二集的導言中提到：「凡在北京用筆寫出他的胸臆來的人們，無論他自稱為用主觀或客觀，其實往往是鄉土文學，從北京這方面說，則是僑寓文學的作者。但這又非如勃蘭兌斯（G. Brandes）所說的『僑民文學』，僑寓的只是作者自己，卻不是這作者所寫的文章，因此也只見隱現著鄉愁，很難有異域情調來開拓讀者的心胸，或者炫耀他的眼界」（魯迅，1990：9）。1984 年莫言初造北京，產生的包括生活習慣、語言與生活水平等各種不同層面的文化反差，加上一個為時不遠的黑暗封閉時期的解體，在心態上或許和五四時期的許多作家遙遙相契：視覺空間的延伸與思想自由度的提高。被切割出來的時間往往和思念有著若有還無的絲線，當莫言站在北京的高樓大廈和現代化設備前，在他的眼神裡，凝結的可能只有傷逝，而離他遠去的卻是魯迅筆下閏土一類的鄉土／家園形象，而盤旋不已的只有鄉愁。

　　因此莫言開始寫下有關家鄉的記憶，〈透明的紅蘿蔔〉（1985）、〈石磨〉（1985）、〈百狗鞦韆架〉（1985）、〈秋水〉（1986）、〈大風〉（1986）等一篇篇以家鄉為主體的作

品相繼問世，一直到〈紅高粱〉（1986）的奇詭絢麗讓讀者大
開眼界。〈紅高粱〉正如同 Azade Seyhan 所說的「大部分僑寓
作家的自傳都是說故事的慶祝儀式（celebrations），和一個時
間的解構效應以及想像的重構角色的一份預備謝禮（a ready
acknowledgement）。僑寓書寫（immigrant writing）的對話和自
我回溯的聲調，製造了一個文化脈絡介入，並在其中移動的空
間」（186）。誠如魯迅詮釋許欽文的〈父親的花園〉時說的：
「回憶故鄉的已不存在的事物，是比明明存在，而只有自己不
能接近的事物較為舒適，也更能自慰的」（1990：9）。記憶中
的鄉土早已灰飛湮滅，因此鄉土在莫言（等鄉土作家）身上，
成了公開的自戀儀式，漂流他鄉的遊子，回歸母體（高密—子
宮—鄉土）的渴望於是躍然紙上[10]。

　　然而莫言的「鄉土」和知青上山下鄉時經驗的「鄉土」有
著本質上的差異。以年齡來看，莫言和曾經上山下鄉的「知青」
屬於同一代，但卻沒有同代人的共同經歷；若以寫作的年代來
看，莫言「成名」於文壇要到 1985 年，而此正巧是「知青」一
代對「尋根」追求熱忱方熾，而「晚生代」作家蓄勢待發的闕
口。許多評論家將莫言歸為尋根派，將莫言的小說歸為尋根小
說[11]，但實際上似乎仍有商榷的空間。在當時的文化背景下，尋
根大致是基於文革的破敗，而亟欲通過文學進行精神重建工作
的表現，當時幾個有著類似「尋根宣言」的作家[12]，都認為應該
在文化岩層中，開發出廣泛而深厚的民族文化。首開先聲的是

---

[10]　有關莫言的懷鄉，請見本章第二節。

[11]　譬如：王德威、梁麗芳、張寧、陳墨和洪子誠等，雖然他們對莫言尋根的
　　　說法有所不同，但始終將他劃入尋根之列。

[12]　以韓少功〈文學的「根」〉、鄭萬隆〈我的根〉、李杭育〈理一理我們的
　　　根〉、阿城〈文化制約著人類〉以及鄭義〈跨越文化斷裂帶〉最為著名。

韓少功在 1985 年 1 月發表的〈文學的根〉，他認為：「文學有
『根』，文學之『根』應該深植於民族傳說文化的土壤裡，根
不深，則葉難茂。」（1994：55），而「這大概不是出於一種
廉價的戀舊情緒和地方觀念，不是對方言歇後語之類淺薄地愛
好；而是一種對民族的重新認識、一種審美意識中潛在歷史因
素的甦醒，一種追求和把握人世無限感和永恆感的對象化表
現。」（ibid：57）

　　然而誠如韓少功答美洲《華僑日報》記者夏雲時說的：「有
一種『尋根』的意向，但不好說什麼『派』。……贊成『尋根』
的作家也是千差萬別的，合戴一頂帽子有點彆扭」（ibid：63）。
然而在評論家筆下，賈平凹（商周系列）、莫言（東北鄉系列）、
王安憶（〈小鮑莊〉）、史鐵生（〈我的遙遠的清平灣〉等），
甚至老作家汪曾祺（〈受戒〉等）都被歸入尋根的族群。

　　莫言自稱和當時的「尋根派」沒有關係（附錄二）[13]。他認
為「人類的歷史就是一部尋找家園的歷史」（1993c：121），
莫言指出，「為什麼我要用這樣的語言敘述這樣的故事？因為
我的寫作是尋找失去的故鄉，因為我的童年生活的地方就是我
的故鄉。作家的故鄉並不僅僅是指父母之邦，而是指童年乃至
青年時代生活過的地方」（1998c：222），這大概可以視為莫
言最有「尋找意識」的兩段話，然而這樣的意識，和韓少功、
阿城等人所寫的「尋根宣言」有著本質上的不同，後者著力「開

---

[13]　莫言在《神聊》的自序中曾經說過要「把根扎在故鄉那片黑土裡」，但這
　　　並不足以說明他有「尋根」的意向，況且這篇自序是發表在 1993 年，已
　　　經過了尋根熱潮。史鐵生的話可以進一步為筆者的說法提出說明：「『根』
　　　和『尋根』又是絕不相同的兩回事。一個僅僅是，我們從何處來以及為什
　　　麼要來。另一個還為了，我們往何處去，並且怎麼去。」，原文出自《禮
　　　拜日》的代後記，今間引自洪子誠，1997b：147-148。

鑿」（鄭萬隆用語）「文化岩層」，前者卻只是要尋找過去、尋找那個曾經孕育他的「子宮」，他的興趣不在分食「尋根」這塊不太容易咀嚼的「派」/ pie。

王德威認為莫言是「尋根文學的主催者之一」（1994：252）[14]，他在〈想像的鄉愁：沈從文、宋澤萊、莫言和李永平〉（"Imaginary Nostalgia: Shen Congwen, Song Zelai, Mo Yan, and Li Yongping"）（1993）一文中對尋根小說有很大的讚譽，他認為尋根小說的出現，「應當被認定為大陸在過去十年當中一次最精緻 / 老於世故的（sophisticated）趨向」，當所有的中華人民共和國國人都在向前看（looking forward）時，唯有尋根作家敢於「向後看」（backward），甚至「向下看」（downward），「這給他們的小說一種不墨守成規的精神，並增加了一個前衛維度的動向」。王德威還認為莫言在他的那些將熟悉的故鄉景物轉換成奇幻的景致的同輩作家中，首先成功地達到了沈從文的高度（1993：122-3）。

如同王德威所說的，莫言的經歷和沈從文有一定程度上的相似（按：都是成長在窮鄉僻壤、都曾加入軍隊、都在二十歲左右來到北京——但那卻是相差六十年的北京），但兩人不管在小說的文字和藝術風格甚至體制上都有極大的不同，王德威認為「儘管莫言與沈從文的風格、題材大相逕庭，兩者在營造原鄉視野、化腐朽為神奇的抱負上，倒是有志一同」（1998：11），王德威這樣的說法恐怕只適用在〈紅高粱〉等少數幾篇

14　王德威在近作（為《紅耳朵》寫的序論）中指出莫言在《紅高粱家族》之後，推出了許多多樣化的作品，而這些作品「在在印證了莫言的用心，不是用一兩個標籤，如『尋根』或『先鋒』所能打發得了的」（1998：9），這裡雖認為莫言的小說不能被輕易地打發歸類，但還是「默認」了莫曾經「尋根」、曾被歸入「尋根作家」的事實，

小說上，那些經過莫言的小說敘述後，貧脊得讓人無味或者噁心得讓人倒胃的畫面（這樣的例子不勝枚舉，而這或許正是莫言的藝術策略），自然必須排除在外。而莫言和沈從文來城市的目的不同、際遇不同（唯一相同的可能只有都成了知名作家這一項），沈從文的鄉土風格日益成熟後，在在可以看出湘西原始純樸與城市文明墮落的對立模式──雖然沈從文在簡單的道德批判中夾雜個人的主觀意識以及對時空、文化和種族（這是由於沈從文的特殊身分產生）的特殊體認，增加了小說的複雜性和張力，但是莫言顯然不是要強調這種對立，而是更殘酷地揭開文明／腐敗入侵農村／純樸後，素樸的情感和血液逐漸被鯨吞蠶食，人性的卑劣和愚蠢逐一彰顯的可怕面目，我們甚至可以說，莫言的重鄉抑城，也是一種對鄉愁的哀悼。

在趙學勇等人合著的《新文學與鄉土中國》一書中，清楚地介紹了鄉土文學的嬗變：鄉土文學在現代中國最早源於 20 年代，這是因為當時青年知識分子受到新思潮影響，由鄉村進入城市，在一種懷鄉心態下從事的寫作，魯迅當然是這個時期的代表[15]；接下來的 30 和 40 年代，文壇上出現集體關注鄉土的熱潮，這個時期比較值得注意的是響應左翼文藝運動號召的鄉土作家的興起，這兩個時期的鄉土文學，「始終是作為知識分子心理狀態的特殊參照物出現」，「呈現的是一種批判基調」，一直要到知識分子的優越感喪失後，到「接受貧下中農再教育」的文革時期，才有了和農村融為一體的轉向。文革結束後，該書指出「1985 年尋根文學的出現，標誌著『鄉土文學』意義的

---

[15] 嚴家炎認為，「鄉土文學正是在周氏兄弟（按：即魯迅兄弟）影響下以魯迅的創作為示範而形成的一個小說流派」（1995：52）。

第一次轉折」，而大約和尋根文學同時，有一批異於尋根的創
作意向，不再一味地進行文化探祕，將表現文化意義作為創作
目的的鄉土小說出現（按：這批鄉土小說，有很多和前述的先
鋒和新寫實小說重疊），它們成了二十世紀鄉土文學的殿軍
（194-202）。

　　筆者無意在這裡詳細比較（韓少功等人的）尋根小說和莫
言小說的差異[16]，更無意比較孰優孰劣，筆者認為莫言的小說或
許在一定程度上更接近於地方色彩文學（local color writing）和
區域小說（regional novel）[17]，而它毋寧正是《新文學與鄉土中
國》一書中所謂的「將表現文化意義作為創作目的的鄉土小說」[18]。
莫言並沒有肩挑起鑽探東北鄉文化板塊的神聖使命，而他對
當地風土人情的描寫，採取的也不是與世俗眼光相協調的審美
態度。

　　發表「尋根宣言」的都是當年參與上山下鄉的知青，他們
從城鎮或都市進入農村甚至窮鄉僻壤，這些奇特的異域，閉鎖
的空間和緩緩流動的時間，讓他們得以靜思文化原始的「根

---

[16]　就宣言內容和莫言的口述(見附錄二)即可分辨出創作動機和目的的不同。
[17]　所謂地方色彩文學是指描繪當地獨特的地理環境和生活，並且運用大量的
　　　地方方言、服裝和思想行為模式的一種文學形式，它的特徵除了奇特的人
　　　物和感人熱淚的情節外，還有獨特的幽默感。它是寫實主義的一支，但由
　　　於過分著重於細節的描述而忽略生活中的意義，故沒有寫實主義嚴謹，且
　　　大多數局限於短篇，而讀者群也鎖定於雜誌喜愛者（參見 William Harmon
　　　& C. Hugh Holman(eds), *A Handbook to Literature* ,Prentice Hall, New Jersey,
　　　p295,1996,6th）。而區域小說則注重並致力將某一地區獨有的風情及人物
　　　放入自己的故事中，發生的地點通常被選定在鄉村或城鎮，而非都會（參
　　　見 J.A.Cuddon(ed),*The Penguin Dictionary of Literary Terms And Literary
　　　Theory*, 3rd published by Penguin Group, pp782-784,1991）。
[18]　地方色彩文學和鄉土文學在 20 年代的中國便已引起「命名」上的歧異現
　　　象，前者如沈雁冰、鄭振鐸，後者如周作人，甚至創造社的鄭伯奇也倡導
　　　鄉土寫作，只是以「國民文學」稱之。（嚴家炎，1995：46-7）

源」。尋根熱歇後，李杭育、韓少功、鄭萬隆、阿城這些當時有著「理論宣言」的「尋根」作家，那種鋪陳在八〇年代中期隱約、幽遠、神祕原始的地域畫卷，那種為了文化資產而開疆拓土的雄心壯志，到了二十世紀末，似乎隨著時代的遞演而有所改變，「尋根」成了當時「流行」的產物，以「保存文化」的觀點來看，似乎也只能說是繼傷痕、反思和改革後，又一次「心血來潮」[19]，意欲尋根者亟欲挖掘的文化岩層，充其量也不過是「斷層」，成功且鍥而不捨者幾希[20]。反觀那自稱和「尋根」沒關係的莫言（賈平凹也認為：「『尋根時期』有人把我列入主要人物對象，其實那是他們的錯誤或是我的偶爾碰著」，見沈葦、武紅，1997：24），仍然固執地堅守他的那塊黑土地，只是物換星移，鞏固了他幾十年的精神堡壘高密東北鄉產生了空間上的重組，然而那綿密不絕的「土」味，卻始終縈繞不去。

或許我們可以如此觀之：尋根要深入民族集體潛意識，但深入民族集體潛意識不等於尋根。同樣地，尋根當然是鄉土的一部份，但鄉土卻未必要和尋根劃上等號。「尋根」只能視為「鄉土文學」的支流，事實證明它並沒有匯聚成滔滔江河[21]。我們「喜聞樂見」於「尋根」自許的文化使命，但若一味將與尋

---

[19] 筆者並非否定「尋根文學」，單純地作為文學作品來評價，「尋根文學」確有不少出色之作。韓少功的〈爸爸爸〉、〈女女女〉自是其中佳例，張承志和扎西達娃等（稍）後起的作家，也有《心靈史》和〈西藏·隱密歲月〉等作問世在後。

[20] 多半是少數民族作家，張承志與扎西達娃便可稱得上是回族文化（包括宗教）和藏族文化的徹底尋根者。

[21] 近幾年仍在尋根的大概只剩下韓少功（97 年推出《馬橋辭典》）和張承志（94 年出版《金草地》），當年發表「尋根宣言」的阿城轉向兒童寫作，而鄭萬隆、李杭育和鄭義的作品都不算多，同時很難看出他們仍在尋根的意向。

根同期出現的鄉土小說歸併為尋根的一員，則顯得強硬。在由
尋根轉入新歷史的樞紐上，陳曉明認為，「作為尋根最後的也
是起到轉承作用的作家，莫言有著不可忽視的意義。他把尋根
從文化認同、民族反省的歷史深度，拉到生命強力和感性快樂
的層面，他對語言的關注經過批評家的反覆強調，而顯得非常
突出」（1995a：13）；他同時認為「把自我設想為歷史主體的
『尋根派』，其實不過是『知青群體』的變種……，『尋根文
學』把集體想像推到歷史的頂端，卻並未如願以償，最後不得
不以莫言在高粱地裡完成一次生命的狂歡儀式草率結束。」
（1996：4）。筆者認為〈紅高粱〉揭露了面臨真正的美景（自
然／家族）消逝的心理狀態，而它充其量只是家族尋根，並非
文化尋根，和韓少功等人的尋根仍有一段偌大的差距。

　　《紅高粱家族》中，當莫言將眼光投向過去（根據莫言的
自述，它的確是一個子虛烏有的「家族史」），便無可避免地
陷入「懷舊」這個緊縮的形式，他把當時風起雲湧的文化熱潮
推向另一種極端（正如陳曉明所言，〈紅高粱〉成了尋根的終
結者，甚至是陳清華所說的新歷史小說的濫觴），並引入一個
更富創意的美感情調。王曉明認為，「『尋根』本來就是一個
空洞的名目」（1991：240），筆者則認為，尋根的文化追溯宛
若薛西弗斯式的勞動，只有在將巨石推至山頂（作品完成）之
際，才能享受美的瞬間，但終究是曇花一現，每次的捲土重來，
都只是重複著相同的邏輯，面臨相同的命運。

三、哀悼鄉愁

　　在莫言的小說中，我們能夠看到各式各樣的鄉村景致，但
在城市（或市鎮）裡卻找不到如王朔筆下的城市建築與活動，

即便在《豐乳肥臀》（1996）中的大欄市或者《紅樹林》（1999）中的南江市，城市風景總是驚鴻一瞥。或許城市景物被莫言刻意拒之門外，但我們應該可以說，對城市的客觀描繪，始終不是莫言刻意強調的主題，而是發生在城市中的具體事件所代表的含意。在〈白狗鞦韆架〉這篇首度讓讀者嗅到都市（北京）氣息的小說中，一種城鄉差距便已略顯端倪；〈爆炸〉（1985）中的差距，更是讓主人公陷入內心的交戰。此外，〈紅蝗〉（1987）（城市正式登場之作，但也只是浮光掠影）、〈球狀閃電〉（1984）和〈歡樂〉（1987），也都提點了這種城鄉差距的現象。

莫言對鄉土的熱愛無庸贅言，1993 年，他寫下了自己對城鄉的逆愛：

> 的確是我近年的創作鬼氣較重，其原因大概是因為都市生活中的喧囂、浮淺、虛偽、肉麻令我厭煩，便躲進想像中的世界去遨遊。（楊澤，345）

> 我想把根扎在故鄉那片黑土裡。……。埋葬在黑土裡，是我的幸福，但願也是我最終的歸宿。（莫言，1993：《神聊》自序）

在最新作品《紅樹林》中，當紅樹林的浩劫──颱風來臨後，幾乎每一棵紅樹都受了傷，但沒有一棵倒下的情形，與人力（都市文明勢力）進駐紅樹林，紅樹林卻香銷玉殞的對比，仍可發現莫言重鄉抑城的傾向。除了大欄市和南江市，莫言長篇小說中，首部以市鎮為背景的《十三步》（1989），和繼之出版的《酒國》（1992），可以說都沒有正面的城市形象，我們甚至

可以說，莫言的城市感覺結構（structure of feelings）[22]和文明的
進化論是衝突的（但這裡並不意味著莫言絕對反都會文明）。
在城鄉差距上，我們可將莫言近期推出的兩個短篇〈一匹倒掛
在杏樹上的狼〉（1998）與〈長安大道上的騎驢美人〉（1998）
相互參照，從中可以發現莫言分明的愛惡。

　　〈一匹倒掛在杏樹上的狼〉除了維持莫言一貫說故事的色
彩外，在故事中我們聽到了另一種退化的聲音，這個聲音被一
個視狼為狗的吃奶孩童引爆。社會進步了，一向封閉的農村也
逐漸告別原始，遠離自然，這種表面上看似進步的演變，背後
推動的自然是文明的黑手，然而這種「進步」，卻將祖先遺留
下來才能消耗殆盡。如同小說中唯一「見多識廣」的章古巴說
的：「別說一個吃奶的孩子，這滿院子的大人，除了我以外，
誰又見過狼呢？」（10），小說中始終沒有點染任何城市，但
我們卻清楚地聽見了文明入侵的音響。〈長安大道上的騎驢美
人〉的故事則是發生在北京，一個騎驢（旁邊伴隨著武士裝扮
的護衛）的美人，吸引了下班的北京人的目光。美人行走的路
線從西單到長安大街，途經天安門，越過王府井，最後來到了
東單，途中路況的紊亂，正凸顯美人的從容。其中圍觀者對她
自是議論紛紛，禁不住好奇的人，甚至開口詢問是不是馬戲團
出來的。這場看似鬧劇的「遊行」，在小說主人公候七堅持到
底的期待中，畫上一個驢馬拉屎後，揚長而去的句點。這個在

22　感覺結構由 Raymond Williams 提出，意指一種溶解狀態的社會經驗，它是
　　一個有特定連結、彰顯與壓抑，且在其最容易辨識的形式裡，有特定的深
　　層起點與終點的特殊形構。它和比較形式的概念如「意識形態」和「世界
　　觀」不同，它可能連結一個階級的興起，也可能連結上階級的衝突和矛盾。
　　（參考王志弘譯〈感覺結構〉，收錄於《性別、身體與文化譯文選》，1995，
　　pp193~200）。

都市叢林中顯得突兀的謬點，竟然變成了眾所矚目的焦點，美人的無言底下，迴響著嘲笑城市人的聲音。作者不無諷刺地讓事件發生的日期定在四月一日，騎驢美人的懿行（異形？），正好成了這群愚人的節日賀禮。

　　前者是文明入侵原始，後者卻正好是原始對文明的反噬，而一種明顯的差距便立時浮現，我們從中看出作者城鄉逆愛的心理活動。根據 1991 年《中國統計年鑑》的資料顯示，城市居民日用品（如：自行車、縫紉機、聲音機等）的擁有率為農村居民的一到三倍，較高級的電器用品如洗衣機，前者為後者的8.6 倍，冰箱則是有 35.3 倍之譜（數據間引自潘兆民，233），而至於收入差距則更是不斷加大中（如前文所引 1999 年 2 月 2日上海東方電視台報導的，光是一個上海市，前五分之一和後五分之一的收入差距就高達十四倍），我們可由附錄六[23]的較新數據得到佐證。農村開發的程度和大眾文化與市場消費形態入侵農村的速度不成正比，亦即前者遠遠落後於後者，而在農村片面追求「現代化」的同時，其自身的懵懂甚至蒙昧和所追求的「現代化」形成更加明顯的反差。不管在數據上是否果能充足證明城鄉上的物質與文化差距，莫言對城鄉的逆愛，正是一種在鄉土隨著「現代化文明」的進程下消失後，產生的對鄉愁的哀悼。

---

[23]　資料來源：北京聯合網站
　　　http://203.207.119.3/economy/text/data/BDA/98yearbook/bda61073.txt

第三節　家族小說

　　莫言涉及高密東北鄉的作品甚眾，而以家族史的形式創作
的有三個長篇：《紅高粱家族》（1987）、《食草家族》（1993）
和《豐乳肥臀》（1996）。在莫言這幾部家族史前後，大陸許
多著名作家也不遑多讓，陸續發表了一系列有關家族史的作
品，譬如張煒（和莫言同屬山東籍）的《古船》（1986）、《九
月寓言》（1993）和《家族》（1995）；張承志的《心靈史》
（1991）；蘇童的〈罌粟之家〉（1987）、《米》（1991）和
《碎瓦》（1998）；李銳的《舊址》（1992）；余華的《活著》
（1992）和《許三觀賣血記》（1996）；王安憶的《紀實與虛
構》（1994）等。而他們都是使用長（中）篇的幅帙才足以容
納這樣繁複的藝術形式，承載這樣沈重的歷史內容。其中余華
的兩部小說和蘇童的《碎瓦》，都是不直指政治核心或歷史事
件，而以細節代替整體，以民間的嘈切話語取代官方的（大）
歷史敘述，他們藉著這種「反向」的操作模式，娓娓道出民間
的生活面貌，而這樣的新歷史小說策略，和莫言可謂異曲同工
──儘管他們的訴求和企圖未盡相同。

　　王德威認為莫言的家鄉（home），「變成幻想和現實衝突
（conflict）、輻軸（converge）的一個聲名狼籍的戲劇性風格的
巨大舞台」（1993：130），「通過對個人和民族過去的一種奇
幻摻雜，莫言將時間和歷史帶入質疑」（ibid：132）。王德威
所說的「將時間和歷史帶入質疑」，亦是新歷史小說的表現形
式。筆者以為，莫言對家鄉的情感，是由愛生恨，由恨生逃離，

由逃離而生回歸的[24]，雖然最終的千瘡百孔（wholeless）改變了他的情有獨鍾（wholeheart），並且讓他認清故鄉的質變，但莫言並沒有因此喪失了立足故鄉的信念，他企圖超越故鄉物質實體的意義，我們由他家族小說的線性軌跡，便可知其中變化。

一、回鄉之門

在正式進入家族史的討論前，筆者以為不可忽略首度造訪／回歸高密東北鄉的〈白狗鞦韆架〉（1984）[25]。莫言在創作伊始，曾刻意「背井離鄉」，寫一些新奇的事物，但這些東西終歸是如他自己所說的「假貨」，沒有真實感情的注入，成不了氣候。在接觸《百年孤寂》後，彷彿得到天啟般，東北鄉的門因此大開。有趣的是，這篇小說中那位隱約有著莫言身影的敘述者我[26]，是如此忐忑地回到故鄉，又如此地感到自己沾染了要命的都市氣息，而對故鄉產生歉疚和負罪的意識。如此打開故鄉的大門，也算是作家一次誠懇的告解吧，如同長年在外的遊子返鄉後，拜見祖先一般（此時祖先的概念是神聖的）。〈白

---

[24] 由《會唱歌的牆》中可以知道，莫言因為在成長的年代遭逢種種重大災難（其中尤以飢荒為最），加上家庭出身不好，一心想當兵以改善家庭的環境的莫言，在隨軍隊離開家鄉時，心裡想的是再也不要回來這個鬼地方，但等到離鄉久了，思歸的情緒又不斷湧現。

[25] 〈白狗鞦韆架〉發表於 85 年。先於〈白狗鞦韆架〉的其他小說，雖然有東北鄉的影子，但因為沒有明確的「高密東北鄉」字眼，因此不能牽強附會。而莫言也說過〈白狗鞦韆架〉是他「第一次戰戰兢兢地打起『高密東北鄉』的旗號」（1998c：225）的作品。

[26] 我在此無意要對號入座，這種「遊戲」只會貶損的作品的價值（大陸的「蒜薹事件」和台灣的「香爐事件」便是這樣的例子）。若要將作者和小說人物做影射或遐想，〈爆炸〉中的人物和事件與現實的對應關係，更有讓人對號入座的空間。我之所以會將〈白狗鞦韆架〉中的「我」拿來比附作者，是因為小說中這個對故鄉懷有負罪意識的男子，和在小說題材的選取上終於回歸故鄉的作家莫言，在心態上的確有一點類似之處所致。

狗鞦韆架〉和魯迅首篇回鄉之作〈故鄉〉（1921）[27]，有許多相
似之處。兩篇小說中的敘述者「我」都在城市中有一定的成就，
雖然返鄉的目的不同（前者是為了絕除搪塞父親無暇回鄉產生
的不安，後者則是為了告別故鄉而來），但返鄉後的情緒卻相
當類似。兩人分別遇上了兒時的玩伴，而玩伴則都和「我」的
距離愈來愈遠。〈故鄉〉描寫了面對「別了二十餘年」（1994：
63）的現實的故鄉和記憶的故鄉（其實也是無聲無影）時，產
生的心理落差；〈白狗鞦韆架〉則描繪了身體和心理的侷促與
矛盾。魯迅〈故鄉〉中的閏土，象徵著永遠回不去的原鄉神話[28]，
莫言站在暖姑面前的心驚膽戰甚至無能為力，也透露了莫言對
「家鄉」（暖姑形象）感到的無可彌補的歉疚。

　　王德威認為，〈白狗鞦韆架〉「質疑原鄉作者種種顰眉蹙
首的『回憶』、『述寫』姿態」，並認為〈白狗鞦韆架〉和〈爆
炸〉、〈枯河〉等小說是「好像執意折回現實的泥淖，展現鄉
愁不足為外人道的一面」（1998：13）[29]，並指出〈白狗鞦韆架〉
「尤其具有強烈嘲諷意圖」（ibid）。王德威的論點是基於〈白
狗鞦韆架〉中的暖姑的形象而發，他的敘述如下：

---

[27]　魯迅第一篇，同時也是中國新文學的第一篇白話小說〈狂人日記〉（1918）
　　提到「故鄉」的字眼，〈明天〉（1919）和〈風波〉也都曾提到發生在「魯
　　鎮」的舊事，但明白描寫「回鄉」的行為的，〈故鄉〉當推首作。

[28]　魯迅在小說中如此描繪敘述者「我」在與母親和侄兒乘舟離開故鄉時的心
　　境：「老屋離我愈遠了；故鄉的山水也都漸漸遠離了我，但我卻並不感到
　　怎樣的留戀。我只覺得我四面有看不見的高牆，將我隔成孤身，使我非常
　　氣悶；那西瓜地上的銀項圈的小英雄的影像，我本來十分清楚，現在卻忽
　　地模糊了，又使我非常的悲哀。」（1994：73）

[29]　王德威這樣的論點，在 1993 年寫作〈原鄉神話的追逐者〉時，便已經產
　　生。

只是當年的娉婷少女自鞦韆架跌下，瞎了一隻眼，委屈嫁了個啞丈夫，生了三個不會說話的孩子。面對年輕返鄉者的似水鄉愁，她的回答是：「有甚好想的，這破地方⋯⋯高粱地裡像他媽×的蒸籠一樣，快把人蒸熟了。」《紅高粱》裡的激昂浪漫視景，哪裡還能得見？一種今不如昔的歷史感喟，油然而生。（1998：13）

她的障蔽飄零，自是對沈從文以降，翠翠原型人物的謔仿。面對敘述者的似水鄉愁，她的回答是：「有甚好想的，這破地方⋯⋯高粱地裡像他媽×的蒸籠一樣，快把人蒸熟了。」鄉愁是鄉下人消費不起的奢侈品，但仍是隱藏在心頭一角的模糊欲望。⋯⋯只是〈紅蝗〉、《紅高粱》所瀰漫的昂揚激情，不論結局悲喜，不復得見。據此比較前後兩類作品有關歷史政治（抗日／解放）的「插話」，莫言的批判意圖，已若隱若現。（1994：269）

當代文學裡，再沒有比這場狹路相逢的好戲更露骨的褻瀆傳統原鄉情懷，或更不留情暴露原鄉作品中時空錯亂的癥結。莫言筆下的「獨眼」（！）女子要以肉體片刻的歡愉，跨越時間的障礙，實踐她心中的鄉愁欲望，而這一深具嘉年華意義的舉動，實亦質疑原鄉作者種種顰眉蹙首的「回憶」、「述寫」姿態。〈白狗鞦韆架〉⋯⋯切中邇來尋根、鄉土情結的要害。（ibid：269-270）

王德威似乎忽略了〈白狗鞦韆架〉寫在一切以高密東北鄉為背景的小說之前的事實，暖姑雖然可以成為「家鄉」的象徵，但

暖姑本身似乎沒有消費鄉愁的欲望（哀悼鄉愁的反而是「我」），
這個十幾年前曾是「婷婷如一枝花，月皎皎如星」（莫言，
1996g：19），並且有著青春夢幻和進步思想的女子，陰錯陽差，
相繼和生命中可能長相廝守的兩名男子（蔡隊長和小說中的敘
述者）擦肩而過，破了相的她，只能「下」嫁同是「殘疾人」
的啞巴，她的委屈求全，在見到返鄉的敘述者後，終於得到「成
全」的機會（要一個會說話／健全的孩子）。筆者以為，暖姑
這個深值同情的女子，在這個小說場景起了讓敘述者感到欠
缺、不安和負罪的意識。一個世俗眼光中「高級的」知識分子
和「低級的」鄉下農婦（獨眼就更低一級）之間的落差，城市／
「進步」和農村／「落後」之間的落差彰顯出小說的內在張力，
有趣的是，莫言試圖扭曲的正是「　」中的價值和權力位階。

二、紅高粱家族

　　陳思和認為，「新歷史小說再度崛起（按：陳思和以五四
時期沈雁冰和李頡人等為第一批寫該類小說的作家），是以《紅
高粱演義》為標誌的」[30]（1995：81）。《紅高粱家族》包含了
〈紅高粱〉、〈高粱酒〉、〈狗道〉、〈高粱殯〉、〈狗皮〉
（又名〈奇死〉）、〈野種〉（又名〈父親在民夫連裡〉）和
〈野人〉（又名〈人與獸〉）七個中篇，時間跨度從 1920 年代
爺爺奶奶的幼年到 1976 年爺爺去世為止。莫言的〈紅高粱〉得
了第四屆全國中篇小說獎，後來張藝謀又加入〈高粱酒〉，釀
成舉世聞名的電影《紅高粱》，這部「經典名作」確實替莫言
名利雙收。

---

[30]　抱持同樣看法的還有張清華（〈十年新歷史主義文學思潮回顧〉）和舒也
（〈新歷史小說：從突圍到迷遁〉）等。

　　莫言自認這部小說「寫得比較野」（陳祖彥，30），它是在對現實和自身的不滿的狀態下產生，就如他所說的「人對現實不滿時便懷念過去；人對自己不滿時便崇拜祖先。我的小說《紅高粱家族》大概也就是這類東西」（1998c：242），而莫言的目的是要「再現家鄉輝煌的歷史」。通過大量的幻想，我們的確感受到小說中余家的精彩壯烈（當然也看到種的退化），以及東北鄉的琦詭絢麗，和純種高粱的莊嚴神聖。

　　《紅高粱家族》中的事件當然不會完全信而有徵，通過這種 saga（家世小說、歷史故事）的形式，莫言一方面從傳統說部中擷取骨血（余占鰲彷彿脫胎於《水滸傳》中的李逵，戴鳳蓮這個了不起的女人形象，唐傳奇的〈步飛煙〉差可比擬），一方面借鑑西方文學技巧（如：魔幻寫實），成了一部未違背莫言創作原意的作品。（純種）高粱這個在莫言裡小說裡「不屈的精魂」（1998c：259），為高密東北鄉的輝煌傳統做了見證，然而瑰麗的想像始終無法掩蓋蒼白的現實，而對現實和自我不滿的憂慮，非但沒有在小說中得到解決（僅從爺爺奶奶身上得到暫時的解脫、一種虛幻性的滿足，滿足過後是更沈重的不安），反倒更認清了種的退化。「帶著機智的上流社會傳染給我的虛情假意，帶著被骯髒的都市生活臭水浸泡得每個毛孔都散發著撲鼻惡臭的肉體」（1994a：492-3）的敘述者「我」，連二奶奶都不願承認「我」的子孫身分，而只能站在被雜種高粱包圍的荒天漠地中，藉著對雜種高粱的痛恨轉嫁對自己的不滿。作家莫言在《紅高粱家族》的篇首題下這樣的字句：

　　　　僅以此書召喚那些遊蕩在我的故鄉無邊無際的通紅的高
　　　　粱地裡的英雄和冤魂。我是你們的不肖子孫，我願扒出

> 我的被醬油醃透了的心，切碎，放在三個碗裡，擺在高
> 梁地裡。伏惟尚饗！尚饗！

只是不知道爺爺、奶奶、二奶奶感應到了沒有？

三、食草家族

　　撇開《食草家族》中變換無端的敘述觀點不論[31]，這六個看
似獨立的「夢」（第一到第六個夢分別是：〈紅蝗〉、〈玫瑰
玫瑰香氣撲鼻〉、〈生蹼的祖先們〉、〈復仇記〉、〈二姑隨
後就到〉和〈馬駒橫穿沼澤〉），都有一個作家刻意設置的懸
念，而這樣的懸念，連作者自己都搞不清它們的指向，更說不
上依歸。然而，做為家族史的一部份，它們仍然是作者對家族
歷史、家族繁衍的零件，乃至於精神層面上的一次探索，只是
這一次的探索是癲狂的，而瘋癲的行徑，卻直指作者赤裸的心
靈狀態。《食草家族》有一篇「作者的話」是這樣說的：

> 書中表達了我渴望通過吃草淨化靈魂的強烈願望，表達
> 了我對大自然的敬畏和膜拜，表達了我對蹼膜的恐懼，
> 表達了我對性愛與暴力的看法，表達了我對傳說和神話
> 的理解，當然也表達了我的愛與恨，當然也袒露了我的
> 靈魂，醜的和美的，光明的和陰晦的，浮在水面的冰和
> 潛在水下的冰，夢境與現實。

---

[31] 莫言玩弄這種技巧不是第一次，早於《食草家族》出版，但大約創作於同
　　一時期的長篇《十三步》，可以稱得上是莫言在敘述觀點上，最放肆的一
　　部小說，相同的是，這游移凌亂的觀視位置，被小說更深刻的寓意／言取
　　代。

作者顯然覺得這樣的說法仍嫌不足，於是在題名〈圓夢〉的跋文中又寫道：

> 這實際上是一大堆糾纏著我的問題，是很多無法解決的矛盾形象表現。我承認本書中很多思想是混亂不清的，我可能永遠解不開這些混亂。這本書裡，有我個人的影子，是我把自己切出了一個毫不掩飾的剖面。……在創作本書的某些章節時，一種連我自己都感到可怕的情緒經常牢牢地控制著我，使我無法收束自己的筆墨。所以本書也是瘋狂與理智掙扎的記錄。所以本書除是一部家族的歷史外，也是一個作家的精神歷史的一個階段。

想要在這部看似天馬行空，卻似又有跡（寫實主義的脈絡）可循；聞若妖言惑眾，卻似又震聾發聵的小說中，將「作家的精神歷史」窺出個究竟，實在不是那麼容易[32]。在這六個夢中，這個烏七八糟的家族，除了以食草的古老儀式象徵對原始的尊崇和信仰，並藉此反諷都會文明外，城不如鄉、人種退化的喟嘆亦再度顯露，而作者對是非真偽的疑問，也不斷湧上檯面（〈紅蝗〉）。作者利用一貫魔幻寫實的手法，自由穿梭時空，混淆讀者視聽，其實同時也混淆了自己（敘述者「我」），而這層混淆，正是一種對性愛／動物性的交媾／私生的恐懼，鉅細靡遺（〈玫瑰玫瑰香氣撲鼻〉）。而作者縱使以科幻小說般的內

---

[32] 這六個夢是在 1987-89 年間完成，從附錄一莫言生平大事記及創作年表中，我們恐怕要失望地發現，作者莫言有何「異常」之處，因此，從作家生平去考證是無效的，反之，我們必須從小說中推敲出他的「精神歷史」。

容，來面對偷情／雜種／倫常的憂慮和恐懼，仍不免帶著道德
批判（捍衛最後一塊領地的武器？）的字眼，但作家終於自我
降伏，是因為認清人的「不徹底」，也由於人的不徹底，才會
有一連串的無奈、一連串的悲哀，但這些都可以「一笑置之」
（〈生蹼的祖先們〉）。作者利用連篇鬼話，就是要說明一個
「活著的人永遠被死去的人監視著」的概念（〈復仇記〉，這
和《十三步》首頁「死人抓住活人」的概念相近）。此外，藉
著一個弒親、復仇、變態研究殺人方法的故事，探討虛實的問
題（〈二姑隨後就到〉），或者以童話故事的情節，製造一個
故鄉的圖騰（成了男人性幻想對象的紅馬駒），說穿了其實還
是一部亂倫史（〈馬駒橫穿沼澤〉）。

　　如果說這些是莫言的精神錯亂現象，想必是低估了莫言，
然而從莫言的生平，我們卻又沒有有力的證據，證明是什麼原
因讓莫言有如斯奇想？筆者認為莫言獨具一格的想像力，和他
生長的高密東北鄉有著偌大的關係，而也只有多感、善感、敏
感之流（作家、藝術家等），才能將這種老天公平給予世人的
一切，轉換成個人的奇妙感受。這種奔放馳騁的想像，碰到現
實的阻礙時，產生了類似空氣中分子撞擊的效應，這些現實的
阻礙，來自生活上的體驗，這種體驗又多半是令人震驚、疑惑、
不滿和頹唐的，因為挑戰的對象是龐大的主流意識形態，是冠
冕堂皇的文明。當溢出這個軌範時，一種莫名的恐懼感油然而
生，然而這種連作家自己都分不清的恐懼，其實正是一種人類
原始本性和集體潛意識的召喚。從這樣的角度，去理解食草家
族的「荒淫頹敗史」，或許能看見一點作家「精神歷史」的痕
跡！如同作者所說的，「寫完了，我也不會去看它，這種文學
也就再不寫了」（施叔青：76-77），對莫言而言，這是一種

文體的試驗，同時也是一次精神的試煉，食草家族的精神是莫言親近這個家族時喚起的古老意識，而這種意識被時代碾成了碎片。

四、上官家族

　　新歷史主義所關心的不是主流意識形態所關心的表象，而是被這些表象所刻意掩蓋的各種異質音響。從這些「雜音」被消解、被壓抑的過程中，我們可以發現政治的特殊表現形態，消費社會以及它們和社會權力之間的角力關係，《豐乳肥臀》正是在二十世紀中國的時空背景下，鑿刻的新歷史傳記。

　　《豐乳肥臀》由於有了七補而被給予「似乎由於發表的過於急切而留下了草草的痕跡」的負面批評（黃錦樹，1996）。據莫言說，《豐乳肥臀》全文在高密寫成，而七補是在完成後感到「意猶未盡」，才又在北京補上（見附錄五），這部構思數月，以三個月左右時間完成的長篇鉅帙，將過去小說中的許多原料重新熔鑄[33]，成了五十萬言的洋洋大觀。莫言在與陳祖彥的訪談中說道：「原先的用意是寫一部長篇小說獻給母親」（陳祖彥：31），成書後，莫言也在頁首表明了「謹以此書獻給母親在天之靈」的心意，然而卻由於小說本身的「艷名」，讓這部小說依然招致極左聲浪的無情攻擊[34]。

　　有了本文第一章第二、三節對中華人民共和國歷史的基本了解，閱讀這部跨越將近百年（1900 年德軍入城到 90 年代中葉）

---

[33]　《豐乳肥臀》中的中日戰役有〈紅高粱〉的場景，鳥兒韓在日本的生活則和〈野人〉中的我爺爺在日本的情況相似。

[34]　譬如：陶琬、汪德榮、劉蓓蓓、李以洪等。附帶一提的是，莫言實在沒有必要為了替小說「正名」，而於 95 年 11 月 22 日在《光明日報》發表〈《豐乳肥臀》解〉，這種行為似乎不夠瀟灑，有違他一向面對評論時的態度

歷史時空的「新歷史」小說，除了能夠看到「歷史」之形於民間的真相，和莫言一貫的夢幻、鬼怪、諷刺之外，我們可以發現，它實際上傳達了人性、母性和生命幾個重要的意念。在《豐乳肥臀》中，莫言觸及了滿清末年的中德戰爭、民國時期的中日戰爭和國共內戰，乃至新社會成立後的人民公社、大煉鋼、三年困難、反右，乃至改革開放後，市場經濟影響下的社會現狀，這些多半是莫言早已著墨的議題，這些事件當中，對於城市的大篇幅描述，是莫言的首次嘗試。

劉小楓認為，要解釋文革中以殘酷手段對付親人的行為，僅訴諸政黨領袖的個人魅力顯然不夠充分，他指出「某些早已積蓄的怨恨從政黨意識形態的動員找到了宣洩的時機。『文化大革命』正是政黨意識形態『符號』護衛下的社會怨恨的大爆發」（1998：386），這些怨恨，是在中國社會現代化的進程中，於政治經濟、日常生活結構和思想理念等方面的全面移動積累而成。中國的社會現代化進程，當從五四以後開始，而新社會的建立，更加速了該進程的擴展。在刻畫人性的層面上，莫言這部可以稱得上是他小說生涯十年的總結的著作，自然已經到了相當成熟的境界。小說利用一連串的政治事件，卻不直指，因而消弭了謾罵的淺薄論述，取而代之的是流水式的平鋪直敘，卻滴水不漏地調侃、諷刺、批判了將近百年間的政治和社會現象，然而莫言要做的不只這些，畢竟這些都會成為歷史的背景，在屏幕前不斷上映的是人性鬥爭和爾虞我詐的精彩好戲，而這場場好戲就戲劇性地發生在上官家裡[35]，上官家的幾個女兒和女婿因為政治立場的衝突，活生生的演了一場縮小版的

---

[35]　上官家複雜的譜系請參見附錄三、四，今不在正文中贅述。

「中國現代史」復仇記。而共產黨基層幹部的壞,以及因中共領導人本身的政策錯誤,而導致的人性陰暗面的暴露,在小說中自然不會遺漏。反右時,為了製造階級鬥爭,幹部誇張的肢體表演(哭聲、叫聲、宣誓聲、口號聲)和不實的謊言連成一氣,百姓的純真 / 無知被這樣或那樣的搧動性言論出賣,人性惡質的一面被炒作,為了生存,必須打擊異己、出賣朋友、出賣家人,更要出賣自己的靈魂。

改革開放後,人性的卑劣以不同的面目呈現,壓榨民脂民膏的公安、橫行霸道的基層幹部、腐敗的官僚制度以及資本主義的腐蝕等等,不一而足。然而莫言不只將眼光停留在這個層面,他還有更廣大的對母親之愛的歌頌,還有更深層的對生命的感悟。誠如蘇童在講評《豐乳肥臀》時說的,莫言在小說中,「尤其在眾多的女性形象上投注了兒子之愛,這種愛經過變形、誇張,但仍然是有深度的,富有詩意的」(見小說正文前所附評審講評),許多評論家將眼光放在書名(豐乳飛揚、肥臀搖擺)上大作批判文章,卻不批判真正該批判的那個「吊在女人奶頭上的窩囊廢」,煞是奇妙[36]。小說中的乳房等女性性徵 / 性器,在小說中自然和生殖、繁衍有著密不可分的關係;而在小說時序進入改革開放以後,特別是 90 年代,它們又與政治和權力取得了聯繫,然而這樣的表現,殊不如前者來的意義重大。

上官魯氏這個繼戴鳳蓮之後進入莫言小說共和國的了不起的女人,雖然沒有作家莫言母親的影子,但卻是天下絕大多數

---

[36] 多半是說莫言有戀乳癖和物化女體之類,黃錦樹甚至認為莫言「作為因『傷痕』而『尋根』的一代中國作家,《豐乳肥臀》仍然不是刨根究柢、沈潛深致之作,不論是就『療傷』還是尋根而言」,這和他無法斷奶於肥臀豐乳的敘事有關(見黃錦樹,1996),黃的說法委實有商榷的必要。

母親的集合。生在封建體制下，上官魯氏為了在夫家保有自己
的存在價值，瞞著「無能」的丈夫在外「借種」（最後她找到
了真愛馬洛亞牧師），孰知得到一個上官金童這樣的「孬種」，
這個肩負起一家重擔的女人，其實在中國的傳統裡頭，比比皆
是，我們甚至可以說，正是這樣的母親，哺育了中國。當上官
金童從勞改場回來後，闊別十五年的家，早已人事全非，只有
母親依然守候著他：

> 他強忍著一陣急似一陣的心跳，向那聖潔的七層寶塔走
> 去。他遠遠地就看到了，一個白髮蒼蒼的老人，手扶著
> 一根用舊傘柄改成的拐杖，站在塔前，向這邊張望著。
> 他感到雙腿沈得幾乎拖不動了，淚水不可抑止地往外
> 湧。母親的白髮與塔上的枯草一樣，猛然間也變成了燃
> 燒的火苗子。他哽咽著喊了一聲，便撲到了母親的面前，
> 跪下，臉貼在母親凸出的大膝蓋上。他感到自己像沈入
> 了深深的水底，所有的聲音、所有的顏色、所有的物體
> 的形狀都不存在了，只有那種從記憶深處猛烈地泛起來
> 的乳汁的味道，占據了他全部的感覺。（1996f：549）

這記憶深處的乳汁味道，其實正是滋養了中國的養分，她生生
不息地、一代一代地循環著、薪傳著，永不停歇、無怨無悔。
她是中國精神的後盾，源源不絕的供應者，然而她還是希望看
到子孫功成名就的，這種告別口腔期的期待，生理上和心理上
的斷奶，並不意味著告別母親，反而是成熟的標誌，是步入下
一個循環的開始。週而復始，人類的生命延續便由此而生，只
是，我們不禁要問，中國真的「斷奶」了嗎？上官金童焉不能

視為近 / 現 / 當代中國在中西文化交鋒下，誕生的文化雜種（hybrid）的象徵？當麥當勞和可口可樂以大軍壓境的姿態強佔中國大陸，而泰坦尼克號深深沈入大陸幾億人的心海後，從未倡導文化尋根的莫言，恐怕也要感到忧惕不安。

事實上，生命就是這樣的一段過程，「上官家的人，像韭菜一樣，一茬茬的死，一茬茬的發，有生就有死，死容易，活難，越難越要活。越不怕死越要掙扎著活。我要看到我的後代兒孫浮上水來那一天，你們都要給我爭氣！」（ibid：422）這必須對生命有透徹地認識方有如此感悟。莫言在大飢荒中活了下來，在普遍懷有復仇意識的年代踏實生存，通過現實的考驗和焠鍊，莫言感到能活著本身就是一種存在的基本尊嚴。西方存在主義是吃飽後的思維，在中國當時的背景下，存在就是和老天做殊死的搏鬥，贏了就是你的。世事紛繁劇變，我們都是在同樣的生命週期下運轉，然而人「命」不同，各如其面，上官魯氏征服了一切艱難險阻，最後以九十多歲的高齡安詳地死去，她的生命的強度和韌性，怎能不讓人肅然起敬？那些執著於「豐乳肥臀」上大作文章的人，焉可不慎思之？

當然，《豐乳肥臀》仍存在著形式上的缺陷，譬如七補如果能融入整部小說，而過於繁複的、讓人不堪負荷的乳房意象能稍微減少，那麼這個作品應該更臻完善[37]。由於《豐乳肥臀》掀起的不允許爭辯的批判，讓莫言在情緒上受了影響而停了兩年沒寫小說，98 年 1 月，他才重拾寫作的動力，發表了一些短

---

[37] 莫言寫作上的自由，在《紅高粱家族》的跋文中便可窺見他的寫作心態：「其實，文章之道並無至理，窮途變化，存乎一心。南拳北腳，各有招數，各打各的就是了」（1994a：497）。這和他一貫「怎麼方便怎麼來」（附錄五）的習慣有關。

篇，而總算在 99 年 1 月[38]，推出了新作《紅樹林》。蓋斯勒（Michael
E. Geisler）在〈「鄉土」與德國左派：一個創傷的病歷〉一文
中，指出德國左派知識分子思想上一直存在著把德國
（Deutschland）與鄉土（Heimat）對立看待的傳統，他們將「前
者象徵政權、壓迫和一切罪惡的黑暗的歷史事實，以致於官話
（國語）和文化遺產，後者則是他們理想中的另一個德國的烏
托邦式的投射」（施淑，379）。莫言登上文壇，正是大陸眾聲
喧譁的年代，各種不同的意識形態伴隨主流意識形態此消彼
長，莫言身處北京這個主導政權中樞的城市，卻不斷回眸故鄉，
凝視俯臥在母親／土地乳房上的芸芸眾生，縱使瀕臨二十世紀
末，莫言的眼光也未曾變易。《紅高粱家族》時代的東北鄉，
是一種夾雜著崇高的、神聖的、骯髒的、醜惡的情感的化學物
質的烏托邦，即便身體走出高密東北鄉，邁入城市，它還是指
向一個形而上的精神歸宿，它提供了莫言馳騁文字的草原，而
他還是一個懷著憂愁的原鄉人。

---

[38] 這是版權頁上的出版日期，實際上這部小說在農曆春節後才上市。

第四節　種的退化與雜種哲學

　　莫言念茲在茲的「種的退化」，可能在魯迅〈風波〉（1920）中，九斤老太太說的「這真是一代不如一代」話中得到啟發。雖然莫言說，「『種的退化』好像是當時寫了個錯別字吧！當時在我小說中出現的一些好像很有學問的隻言片語，也許就是靈機一動。」（附錄二），但從他的小說中，我們卻無法滿足莫言的說法。我們可以試圖理解莫言的「忽發奇想」：

> 我有時忽發奇想，以為人種的退化與越來越富裕、舒適的生活條件有關。但追求富裕、舒適的生活條件是人類奮鬥的目標又是必然要達到的目標，這就不可避免地產生了一個令人膽戰心驚的深刻矛盾。人類正在用自身的努力，消除著人類某些優良的素質。（1994a：461）

我們甚至可以在〈白狗鞦韆架〉這篇寫在《紅高粱家族》前的短篇中，便隱約嗅到「種的退化」的氣味，而在莫言的小說中，不只是人，連高粱、動物都退化，〈爆炸〉中的狐狸、〈紅蝗〉中的蝗蟲都是退化的例子，依照莫言的邏輯，退化可以說是文明的負作用。筆者甚至也「乎發奇想」，莫言的「種」的退化，是否也同樣反映在自己身上（依照莫言前引的想法）？爺—父—莫言三代之間的關係，或許可供參驗[39]。農村、人性和生命力的枯萎，都是種的退化，如果文明是一種墮落的象徵，那麼代

---

[39]　莫言的爺爺和父親都是樸實的農民，到了老年，還能像小伙子一樣下地耕種，這樣強健的體魄正是知識分子莫言所自歎弗如的。

代相傳之際，形成了一種有趣的 generation / de-generation 現象，足堪玩味[40]。

另一個矛盾是雜種。莫言的雜種哲學，首先要放在他的小說觀上來閱讀。他在洪範版《夢境與雜種》序中寫道：「夢境與雜種就是好文學」，「雜種往往是生命力最強的東西，好的東西，只能是雜種，就像騾子一樣，是馬非馬，似驢非驢」（〈夢境與雜種就是好文學〉）。莫言小說的主要構成要素是夢境[41]，雜種的意義對小說和小說創作而言，要求的就是作品的強勁的生命力，同時講究多樣化，讓人辨不清面目。

而文學上的雜種和生物學上的雜種又不能混為一談，在生物學上，莫言認為雜種在一定程度上有其優勢，但也特別容易退化，在他的小說中出現的雜種至少有幾種：（人）未婚生子（包括「偷情」所生）、（人）近親交媾生子、（人）混血、（獸）異種交配，此外，當然也是罵人（由此可知「人」必須作為純種的重要性）的用語。莫言對雜種人其實有著深深的恐懼（如《食草家族》、〈金髮嬰兒〉），而這種恐懼恐怕和傳統的父權體制有關[42]。〈夢境與雜種〉中，當樹葉這個「雜種」

---

[40] 黃子平認為莫言對「種」的退化痛心疾首，是因為文革前中國共產黨那「意識形態的尊神」宰制的結果，等到這「絕對的『陽』」退場後，〈紅高粱〉中的草莽英雄方可登場。（68～71）

[41] 本文第三章將分析莫言的夢。

[42] 舉例言之，〈金髮嬰兒〉中的男主人翁「他」（最後又成了敘述者「我」）在面對妻子和別人生的「雜種」時，產生了多重的幻覺（「嬰兒那憤世嫉俗的目光」（1989a：168）、「他覺得這個小東西什麼都懂，簡直是某個人的化身」（ibid：169）、「這個嬰孩的哭聲裡，則豐富地表現出了某種極端的感情」（ibid）、「那頭醜陋的黃髮令他心煩意亂」（ibid：170）、「支配他的肢體的不是他的靈魂而是另一個靈魂」（ibid）），我想，這「另一個靈魂」正是父權體制的惘惘威脅。我無意在此抨擊父權體制，若用女性主義的角度看莫言，或許女性主義將會凱旋而歸，但莫言小說的意

知道自己身世後（由牧師馬洛亞和回族女人所生），便頓時感
到「很恥辱」（1996a：379），我們在該小說中，明顯地看出
牲畜是雜種無所謂，而人是雜種（包括亂倫）要處死的宿命（樹
葉懷孕三個月後自殺──被作者處死？）。但莫言卻又遐想雜
種有異於純種的長處（〈夢境與雜種〉中樹葉的聰明美貌、《十
三步》中的中俄混血兒屠小英學習能力強）。在農村，為了提
高生產力，雜種獸尚有一席之地；但在文明的城市，反而要強
調種的純粹，譬如貓狗之類（實際上很多「純」種都是「雜」
交而來），這個在二十世紀 80 到 90 年代一般人眼中無甚重要
的問題，卻深深干擾著莫言。除了恐懼，莫言還有對雜種的痛
恨，他在《紅高粱家族》中是這樣痛斥雜種高粱的（畫線部份
為筆者所加）：

> 雜種高粱好像永遠都不會成熟。它永遠半閉著那些灰綠
> 色的眼睛，我站在二奶奶墳墓前，看著這些醜陋的雜種，
> 七長八短地占據了紅高粱的地盤。它們空有高粱的名
> 稱，但沒有高粱挺拔的高程；它們空有高粱的名稱，但
> 沒有高粱輝煌的顏色。它們真正缺少的，是高粱的靈魂
> 與風度。它們用它們晦暗不清、模稜兩可的狹長臉龐污
> 染著高密東北鄉純淨的空氣。（1994a：495）

這樣的痛恨或許可由下列的推測得到解釋：爺爺奶奶的時代是
輝煌的，而這樣的輝煌隱含了對封建禮教的顛覆及極端純粹的
強調，那種極端地純粹不是廟堂之上的高雅質素，恰恰相反，

義恐怕也將支離破碎。

是一種野（人？）性的還原。「高粱」做為先輩時代深植於這塊黑土地之上的精神圖騰，自然不容玷污，也就是說高粱和先輩相輔相成，必須等量齊觀，「雜種」高粱的出現，拆解了莫言再現家族輝煌歷史的夢境。莫言在雜種高粱的包圍中，感到失望，他思索著「不復存在的瑰麗情景」（ibid）──那種波瀾壯闊的史詩情調，那種令他永遠嚮往著的「人的極境和美的極境」（ibid）。

莫言在《紅高粱家族》中的〈奇死〉言道：

> 可憐的、屏弱的、猜忌的、偏執的、被毒酒迷幻了靈魂的孩子，你到 墨水河裡去浸泡三天三夜──記住，一天也不能多，一天也不能少，洗淨了你的肉體和靈魂，你就回到你的世界裡去。在白馬山之陽，墨水河之陰，還有一株純種的紅高粱，你要不惜一切努力找到它。你高舉著它去闖蕩你的荊榛叢生、虎狼橫行的世界，它是你的護身符，也是我們家族的光榮的圖騰和我們高密東北鄉傳統精神的象徵。（1994a：496）

只是這樣的心情，世紀末的莫言，可復存在？

第三章　感覺‧生理

第一節　感覺世界

在大陸當代以描寫幻覺見長的作家，余華、格非、孫甘露和莫言或許可以並駕齊驅。余華早期的作品如〈世事如煙〉、〈河邊的錯誤〉等，由於敘述得過於精細，瀰漫出的幻覺空間蠶食了讀者的閱讀意識，這樣的冷調讓人冰凍在感覺的臨界狀態（余華如斯筆觸，或許和他當了五年牙醫的經歷有關），即便他從感覺折回現實時可以不露痕跡，同時達到兩者之間的延續，但總體而言，余華是類小說營造的氛圍，是幻覺自然向所謂真實的縱深處延伸。相對地，莫言則加入了更多虛實掩映的色彩，或者以電影製作中「溶」的技法，營生出鬼影幢幢的神魔世界，而彼此參差對照。在真實與虛幻的光譜（spectrum）上，莫言的複雜在於他不像余華對幻覺充滿信任，也不像格非把一切存在事實變得模稜兩可（如：〈褐色鳥群〉）——甚至有將真實與幻覺雙殺的嫌疑，更不像孫甘露對幻覺的如此迷戀（如：〈訪問夢境〉），他們唯一相同的地方在於用理性寫夢境（即透過理性的行動，對這些看似非理性的活動進行解剖，這是兩者間的弔詭）。莫言小說的真實和幻覺互為對方的反射鏡（speculum），真實與虛幻兩造相互質疑又相互滲透，有時小說敘述的過度真實，也讓人產生虛幻聯想，一旦撥開幻覺世界的五里霧（或者成為霧的分子！），便可柳暗花明，發現莫言小說的「真實」。

一、寫夢／仿夢小說

　　莫言曾在小說集《神聊》（1993）自序中言道：「我認為
文學實際上是作家們首先為自己然後為他人編織的夢境」；在
洪範版《夢境與雜種》（1994）序言中也說過「我對夢境十分
迷戀，好的文章應該有夢的境界」；1998 年 10 月，莫言則在〈小
說談──兩岸小說家對談實錄〉中，再度談到小說與夢的關聯，
他說：「小說的未來恰好是個夢！……。我認為只要人類還有
作夢的生理功能，小說就可以活下去！」，並且宣稱「我的小
說一半是與夢境有關係的」（1999c：97）[1]。莫言的寫夢或仿
夢小說，可能在一定程度上由卡夫卡和博爾赫斯處得到靈感上
的借鑑，而〈透明的紅蘿蔔〉，則是取材於作家本身的夢境[2]。

　　〈透明的紅蘿蔔〉中始終不發一語的黑孩在拉風箱時，看
到那個被小鐵匠有意私藏的紅蘿蔔在鐵鑽子上泛著金光，黑孩
禁不住誘惑上前欲取，卻被小鐵匠臨門一腳搶奪。黑孩著了魔，
對小鐵匠發動了令人意外的攻擊，而小鐵匠更徹底，揚起胳膊
將蘿蔔丟進河裡，一了百了，黑孩就在一道「金色的長虹」落
入水中後，軟倒在小石匠和菊子身上。作者在小說中這一段對
紅蘿蔔超乎常態的描繪，便是擷取於作者自身的夢境並加以改
造，而如此描繪正好凸顯出一向在飢寒交迫下生活的黑孩，在
初嚐「大餐」後產生的幻覺，而黑孩的幻覺正凸顯了黑孩飢餓

---

[1]　實際上，莫言和夢境有關的小說，並沒有如作者本人所說的有「一半」那
　　麼多，根據筆者的統計，目前莫言和夢境有關的小說約有二十餘篇，（其
　　中包括中長篇小說中，提到夢境的部份，如《十三步》的整容師和物理教
　　師之夢等），約佔莫言所有小說的 25%～30%。

[2]　生理上的夢（dream）延伸到文字便成了幻覺（illusion）和想像（imagination）
　　甚至妄想（delusion），因此筆者這裡指的是一切有關感覺（feel）的總稱，
　　其中包括了幻想和幻境。

的真實。小鐵匠為了不讓黑孩如願以償，機警迅捷的反應和刻薄惡毒的咒罵，生動地勾勒出在普遍飢餓的年代，人性醜惡的一個面向。

弗洛伊德（S. Freud）在〈作家與白日夢〉（Creative Writers And Day-Dreaming）一文中，提出兒童的遊戲是最早的寫作痕跡的說法，他認為兒童的遊戲和幻想其實並無差別，而兒童透過遊戲表達了他們對世界的看法。雖然人們告別兒童時期，但並未能脫離遊戲的活動，因為人們藉由其他的替代物，置換遊戲的行為，作家則是透過寫作編造一個幻想的世界，以此達到「遊戲」的滿足，寫作成了逝去的兒時遊戲的延續與替代。「遊戲」在弗洛伊德的說法是嚴肅認真的，它必須（被）投入大量情感，它的對岸是真實，易言之，遊戲此一行為是藉由幻想的形式──這幻想是取材於現實，卻又截然劃分幻想與現實──完成它對現實的觀照與關照。

莫言小時候由於偷拔了一個蘿蔔，遭到當眾羞辱，這個殘酷的經驗，在作家莫言遊戲時，以一個自身的夢境穿針引線，寫了這篇讓他一鳴驚人之作[3]。莫言意象紛陳的感覺世界，在〈爆炸〉的首段，被父親的巴掌打出的幻象（和幻聽），以及《酒國》末篇，醉酒後產生的幻覺，都是運用了魔幻寫實的技巧「遊戲」筆墨，讓「一胎化」和「官場腐敗文化」原形畢露。近作〈白楊林裡的戰鬥〉（1998）中的黑衣人，似真似假，藉由敘述者我與這名黑衣人的幾段對話，引入一個巴赫金（M. M. Bakhtin）所說的複調系統，於是產生了小小的論辯性色彩[4]，該

---

[3]　有關〈透明的紅蘿蔔〉的創作靈感來源，可參見施叔青《對談錄》及莫言《會唱歌的牆》。

[4]　有關巴赫金的複調理論與莫言小說中的對話現象，請見本文第四章。

文似乎要告訴讀者，在這個詭譎的時代，人生的道理就是沒道
理，如果硬要說出那麼點道理，只有聖人和蠢驢才能做到，凡
夫俗子只要向前走，才是最實在的道路。

　　當代哲學家艾爾（A. J. Ayre）認為：「在所有知覺的情況
中，吾人所直接覺察到的對象是感覺資料[5]而不是物質對象」
（奧斯丁，84），他指出「我們能夠從我們的感覺資料資源中
『建構』物質事物的世界，其普遍原理是什麼」（ibid：101）。
莫言的〈你的行為使我們恐懼〉，由感覺資料的交互滲透，產
生了這種迷宮式的敘述，讓人在真實與虛構之間丈二金剛。小
說由著名歌唱家呂樂之自宮的疑雲開始，藉著呂樂之昔日同班
同學的回憶驗證，陳年往事的舊帳重翻，表面上抽絲剝繭地解
開謎題，卻彷彿重新墮入了另一個懷疑的發軔。莫言利用後設
敘述，「告知」讀者故事真實性的幻覺性：

> 那晚上我們太累了，太累了就容易產生幻覺，另外火光
> 外站著的人也容易產生幻覺。還有前邊所說的好多事兒
> 都可能是幻覺，連傳說也可能是幻覺，幻覺本身更容易
> 成為幻覺。因為把一切都推給幻覺我們感到很輕鬆，有
> 點像從惡夢中醒來的滋味。（1994b：112-3）

在這個故事當中，並不存在一個神聖的主題，取而代之的反而
是恐懼，一種對「真實」不信任卻又無可奈何／無力挽回的恐

5　根據艾爾的說法，感覺資料（sense-data）不是物質事物，是感覺的直接對
　　象或當下所予，當我們所看到的不是一件物質事物的真實性質時，必須假
　　想我們仍然看到某物，而這「某物」就是感覺資料，它是我們在知覺中直
　　接覺察的對象。原文出自《知識經驗的基礎》，今間引自奧斯丁《感覺和
　　所感覺的事物》，p84。

懼，作者在此文引導讀者進入一個似是而非的領域，在真實和虛幻兩造彼此攻堅、相互折射，他試圖揭櫫現象的本質是幻覺的構成物的理念，而一旦必須親自披掛上陣，卻又徘徊齟齬，難邁其步，這是因為作者本身便是感覺資料的一部份（此時的形態是被動的），而沒有人能夠逃出這樣的命運。作者提供了一種新的解讀現實世界的方式，雖然在文學史上不是首創（余華就早於莫言），但就作者本身而言，卻不失為一個創作的新標的。

　　莫言或許有著相信幻覺的魅力卻又擔心讀者不相信他的心情，這可在《酒國》中，假借李一斗的那篇〈酒精〉中發現。該文中的小魚兒（金剛鑽的小名）具有感知酒的特異功能，他常常能夠憑著這種能力發現酒的存在位置。然而小魚兒的七嬸由於知識分子的身份，批判了他這種幻覺是饞瘋了的徵兆，咄咄逼人、相信科學的七嬸直到目睹靠幻覺拿到羊頭肉的小魚兒的本事後（幻覺成真／是真），竟然十分不科學地將酒精稀釋後當酒喝（科學成了非理性），因而瞎了七叔和小爐匠的眼睛，作家的「幻覺寓言」若此。

　　〈夢境與雜種〉中的樹根，儼然脫胎於莫言更早的短篇〈五個餑餑〉中的敘述者「我」，「我」靠著一個夢，終於找回了丟失的五個餑餑，為母親討回公道。相較於〈五個餑餑〉中「我」這個角色，樹根的火候更加登峰造極，而他表現在做夢的特異功能。和小魚兒比劃起來，樹根更上層樓，他不只對酒有感應，更能夠在夢中未卜先知，除了預見院裡的水缸破了外，還讓母親沈冤得雪，進而更夢睹了陳聖嬰、莫洛亞、莫洛亞的妻子回回女人，乃至樹葉的死。在中國古代唐傳奇中，以寫夢著名的〈枕中記〉、〈南柯太守傳〉和〈三夢記〉等，都是藉著夢來

寓意人生如「夢」，須臾即逝，功名利祿不須汲營的道理。莫
言的夢，除了有文學上的浪漫之外，卻並未沿襲傳統對形而上
的人生的頓悟，反而更多了怪誕的色彩，除了樹根的托夢形式，
神化了夢的功能外，莫言原意題名為《六夢集》的《食草家族》，
就是一部由六個夢境組合而成的長篇。在這六個夢裡頭，如同
作者自己說的，有著「渴望通過吃草淨化靈魂的強烈願望」、
有著「對大自然的敬畏與崇拜」、有著「對傳說和神話的理解」，
而這些袒露了作者對夢境和現實的兩難與互涉。

　　《食草家族》第一夢〈紅蝗〉中的錮鍋匠和敘述者我的凌
空飛行；第三夢〈生蹼的祖先們〉中的青狗兒和神祕紅樹林、
青狗兒和小話皮子的對話；第二夢〈玫瑰玫瑰香氣撲鼻〉中以
人的邏輯思維的馬、第六夢〈馬駒橫穿沼澤〉中的人馬對話以
及第五夢〈二姑隨後就到〉中始終神神鬼鬼卻終究沒有現身的
二姑，以及第四夢〈復仇記〉中的鬼影子等，都是莫言在夢境
與現實的沖擊下疊床架屋卻傷痕累累的結果。

二、人與動物的對話

　　莫言小說中人獸對話的情節比比皆是，除了上述二例外，
〈築路〉和〈屠戶的女兒〉中的人狗、〈野種〉中的人驢、《十
三步》中的人猴、《豐乳肥臀》中的人狼、人鼠等都是這樣的
例子。此外，《十三步》的母猩猩會唱歌、《豐乳肥臀》中水
蛇和鰻魚會打哈欠，雞會流鼻涕、〈球狀閃電〉中的動物會運
用人類的邏輯思考[6]，這些都是通過人的思維角度去幻想動物說
話的情境。現代科學已經證實動物有思維和表達的能力，牠們

6　此外，〈罪過〉裡的腸子能和人對話，而〈透明的紅蘿蔔〉則有鴨子之間
　的對話。

之間有溝通的語言和情緒表情，因此莫言的興趣應該不在這裡，而是要在這個基礎之上，企圖建構一個小說的夢境（類似童話故事的架構），一個新的物質世界，而這種超現實的筆法除了豐富小說的內容外，其內涵更表達了莫言對動物的尊重。

　　我們也可以從兒時記憶試圖為莫言這方面的熱愛找尋解答。莫言小時候除了放羊外，家鄉的狗朋友、瞞著父親處理的雛雀、家裡的紅馬等，都成了小莫言遊戲的夥伴[7]。而這些與動物相處的兒童經驗，或許可以從長大後的遊戲——創作人與牲畜的對話中得到滿足。莫言曾在國外某座城市見到一個老流浪漢和他的五條狗，從莫言和翻譯的簡短對話中，我們不難發現莫言人與動物是一理的想法：

> 我問我們的翻譯：他們說什麼？
> 翻譯說：老頭說可憐可憐這五條無家可歸的狗吧。
> 我問：狗呢，狗說什麼？
> 翻譯笑著說：我不懂狗語。
> 我說：你不懂我懂，狗必定是說，可憐可憐這個無家可歸的人吧！

（莫言，1998c：48-49）

誠如莫言所說：「這是真正的相依為命，也是真正的互相關心，互相愛護。」（ibid），莫言要摘掉的是人類自詡為萬物之靈的神聖光環，孟子曰：「人之異於禽獸者幾希」，而這「幾希」是「仁義禮智」，莫言卻認為這「幾希」是「人類虛偽」[8]。動

---

[7]　散見莫言 1998c。
[8]　見莫言，1993c：99。

物說「人」話，當然是「人」的想像（反過來說，動物「應該」
也會想像「人類」的語言），放大來看，整個自然界正是一個
共存共滅的環境，人生食獸、人死獸食，人獸最後終歸於天地，
莫言這樣原始的想法，或許和佛說的「眾生平等」來得相近（我
無意把莫言放到宗教的領域，也不是藉此把他抬到「佛」的境
界），在一定程度上，也和莊子的「齊物」觀點相似，我們從
這裡看出莫言的深度。

三、莫言小說中的怪誕

　　前文曾經提到有關莫言怪誕的小說敘述。莫言的怪誕具足
地表現在對神鬼的幻想上，莫言曾經說過鬼怪故事培養了他對
大自然的敬畏，它們影響了他感受世界的方式，並讓他的童年
深深被恐懼感攫住（ibid：241）。莫言的神鬼和怪誕一方面繼
承了《聊齋誌異》的傳統（如：〈馬駒橫穿沼澤〉），一方面
借鑑了西方存在主義如卡夫卡的變形筆法（如：〈幽默與趣
味〉），但莫言更大的企圖在於藉由怪誕的敘述，對一些平常
為人所忽略，且早已刻板僵化的價值系統進行挑戰。〈復仇記〉
中的敘述者我，在生時見到鬼一般的女人，害怕得心臟停止跳
動、四肢僵直痲痺的身軀（形而下），竟然開始回憶自己的歷
史，自己從何處來（形而上）（1993c：299）；而死後的我的
鬼魂，則是做了撕老太太的長奶子和賞民兵耳刮子等生時不敢
做的事。前者一反常態，鬆動了形而上與形而下的相對性，在
這個悖反的行動下，正提供了荒誕滋生的空間；而後者這些生
時因為禮教和階級的約束而不敢做的事，成了對禮教和階級的
戲弄，但當面對阮書記時，卻是即使做了鬼也怕（ibid：314-5），
其對共黨基層幹部的諷刺，由此得見。

　　〈戰友重逢〉這個中篇莫言要探討的是英雄的問題。小說中昔日戰友的鬼魂相遇，從相遇後的交談內容，讀者不難發現作者對「死有重於泰山」此一觀念進行的翻易，作者利用怪誕的話語形式，妄想死後的情景跟生前無異──但作者無疑還是認為能夠活著，且被賦予榮譽的光圈是最好的，而真正讓人成為英雄的要素不是本事而是運氣。小說中主角錢英豪因為隊友羅二虎作戰時暴露了目標，枉遭連累而死於砲火之下，這個在戰友眼中是天生的軍事家，卻死得莫名其妙的英雄說：「死了才明白，當英雄也要靠運氣」（1995a：455）。他的死，被墜河而死的幹部粉飾安慰，時運不濟的他，一點也沒有「重於泰山」的崇高感受，反而只能在軍人公墓中安靜地躺著，唯一紀念他的是墓碑上冰冷的幾行字跡，反觀復員後一度窮愁潦倒的郭金庫，卻時來運轉交上好運，雖稱不上平步青雲卻也一路攀升；平凡的趙金也升職發達，掃雷英雄張思國卻默默無名，莫言的感嘆便在於，平凡之輩往往際遇不凡，而原本能夠真正成為英雄的卻死得窩囊[9]。

　　除了上述的例子，〈懷抱鮮花的女人〉中，那個宛若幽靈般的「奇」女子，讓我們不禁寒毛豎立，驚覺原來我們都是在類似這種被跟監的狀態下生存；而〈夜漁〉中的美麗女神（鬼？）、〈翱翔〉中幻化成飛鳥的燕燕、〈鐵孩〉中陰森詭異的吃鐵男孩、〈金鯉〉中載運藥包的金鯉、〈奇遇〉中鄰居

---

[9]　莫言描寫戰爭的作品不多，除了〈戰友重逢〉外，〈革命浪漫主義〉、〈凌亂戰爭印象〉都是描述戰爭之作，並且側面諷刺了中共的軍事政策，至於《紅高粱家族》和《豐乳肥臀》則是從另一個角度重新評估了抗日戰爭。這幾篇和戰爭有關的小說，和50年代《保衛延安》、《青春之歌》和《創業史》迥然相異，這或許可以視作莫言對昔日中共文藝指導方針的一記「回馬槍」，正中要害。

的鬼魂和〈奇死〉中二奶奶的魂靈現身等作，都是莫言著墨於怪誕的描述。在陰森詭異或奇妙瑰麗的氛圍中，藉由怪誕的攻城掠地，所謂「正常」的體系反倒顯得荒誕不經。W. Kayser 在總結西方由浪漫主義時代迄二十世紀湯馬斯‧曼（Thomas Mann）、達利（S. Dali）以及恩斯特（M. Ernst）等人的怪誕文學與藝術時說道：

> 各種不同形式的怪誕是對任何一種唯理論（rationalism）和任何思想系統操作顯著且明白的矛盾。荒謬產生於超現實主義者企圖製造他們的系統基礎的荒謬時。……同時，怪誕浮現的兩個基本模式是幻想的（fantastic）和諷刺的（satiric），唯有藉由結構分析才能定義個人的和歷史的特有風格（idiosyncrasies）。（188-189）

W. Kayser 的說法，適足以用來詮釋莫言的怪誕。在幻想的基石上，莫言對既定觀念提出質疑和諷刺，或許正如弗洛伊德所說：「得不到滿足的願望是幻想的原動力，每個幻想都是對願望的實現和不如人意的現實的修正」（1991a）。莫言在寫作的遊戲中獲得對童年願望不足的補充，更對創作當時的環境做了批判或修正，一些隱藏在主流價值系統之外的潛意識，不斷地被激活，遂藉由幻想或妄想達到滿足。中國自從 1919 年五四理性啟蒙以來（甚至可以上溯到十九世紀中葉鴉片戰爭失敗，門戶大開，西學入侵），歷經七、八十年的動盪變革，到今天以商品化社會掛帥的趨勢，期間經過無數次潮起潮落，其中包括五四以來人格發展的片面性，以及商品社會的同質性，莫言以荒誕對抗主流意識形態，雖然結果不免仍然令人憂

心忡忡，卻不失「恢復了這一時代的心理平衡」（榮格，1990：
132）。

第二節　飢餓

新時期小說中對飢餓的描寫早就不足為奇，阿城的〈棋王〉、劉恆的〈狗日的糧食〉以及高曉聲的「陳奐生系列」等，不一而足。老一輩知名作家張賢亮曾經有過因為飢餓昏厥，而被人抬到停屍間的經驗。在沒有食物的狀態下，他靠著女人的調經丸裡面的養分活了下來[10]。和張賢亮相差將近二十歲的莫言，五歲不到就遇到了飢荒，他在回憶童年時曾說過：「我的童年是黑暗的，恐怖、飢餓伴隨我成長」（1998c：230），「童年留給我的印象最深刻的事就是洪水和飢餓」（ibid：231）。其中恐怖大抵是受到鄉野鬼聞的影響（其中或許包括了對政治高壓的莫以名狀的恐懼），而在莫言的小說中，洪水氾濫的景象雖然不少（在早期的〈秋水〉、《紅高粱家族》、〈戰友重逢〉、〈罪過〉與近期的《豐乳肥臀》中都可見到），但在比例上卻遠遠不及飢餓。

根據費正清主編的《劍橋中華人民共和國史》中的資料顯示，1960 年是共和國飢荒最嚴重的一年，廣大的農村受創尤其嚴重。光是 1960 年一年之內，登記在案的死亡數大約有二千五百萬個，1961 和 1962 兩年，也分別有將近一千四百萬和一千萬，而這些數字中，絕大多數都是死於飢荒。飢荒肇因於糧食短缺，而糧食短缺在某種程度上是因為在公社運動下，地方自給自足的政策，以及極度的政治動員使地方政治領導很難要求

---

[10] 此說參考李昂〈「男人的一半是女人」的張賢亮──寫性問題被批判的大陸小說家〉，該文為張賢亮《男人的一半是女人》小說序文，台北：遠景出版社，1988，初版。

中央給予支助。有文獻記載了當時有些地方幹部，為了擔心糧食短缺的情況和先前他們對中央的「豐收」報告前後矛盾，因而禁止把糧食短缺的消息洩漏出去（1995a：394, 397）。職是之故，原本就先天不足的條件加上後天失調，導致路有凍死骨的現象屢見不鮮。

飢荒時，莫言靠著遍嚐百草百蟲得以活命，在雜文〈吃事三篇〉中，我們在莫言的自我調侃背後，看到了這個曾經餓到水腫的受難者的悲傷。飢餓，讓人「顧不得擦掉紅薯上的泥巴就卡卡喳喳地吃起來」（1996a：380），讓昏昏欲睡的學生停止上體育課，以保持熱量，讓老師不顧尊嚴和學生討菜餅子（ibid：387）。《天堂蒜薹之歌》中的蒜農，只能靠幾張餎餅充飢度日，當他們將賴以維生的蒜薹當作抗爭的武器時，飢餓（貧窮當然也是因素之一，但貧窮和飢餓往往只是一線之隔）成了政策、階級和人性問題衝擊下的引爆點。莫言善於將飽與餓兩個意象做鮮明對峙，《天堂蒜薹之歌》中蒜農的饑腸轆轆和政府官員的酒足飯飽是一例，〈貓事薈萃〉中，當四清工作隊員陳同志到「我」家中「搞革命」時，家人為了討好她，殫精竭慮，出了一道道平常自己只能癡心妄想的大菜，面對這些難得的食物，即便是家人也各懷鬼胎，但這都比不上陳同志的「舉重若輕」，她將一段魚肉扔給貓吃，飢荒年代，貓自然不能「免俗」，貓的優惠待遇，讓飢餓在階級問題上又有了深化作用。

三年飢荒造成「男人無精蟲、女人無月經」，在〈貓事薈萃〉的敘述者「我」的村莊，這段期間只有一個女人懷孕，而這個女人的丈夫是糧庫的保管員（1994c：153）；《豐乳肥臀》中，出身於名門貴族、留學過俄羅斯的霍麗娜為了「一勺菜湯」委身給猥褻不堪的食堂掌勺張麻子，最後因為食入過多中毒的

蘑菇意外身亡；而由於糧食的平均分配，導致「階級敵人」喬
其莎（一個舊社會中高級知識分子，即上官求弟）必須一邊出
賣肉體予張麻子，一邊滿足（？）腹中的飢餓。喬其莎的悲劇
在於她知識分子的身分，以及對自我思想的堅持，在當時的政
治環境下產生的災難，這種思想太清楚（醫學院學歷）的人物，
註定要在晦暗的時代悲哀地死去。喬其莎為了遠離飢餓，再度
以身體換取糧食，卻因「吞」食過量而撐死，她成了肉身的
（figural）和寓意的（figurative）兩難辯證中的犧牲。

　　同樣是以身體做為換取糧食的手段，〈糧食〉中的伊、〈夢
境與雜種〉中的樹葉和《豐乳肥臀》中的上官魯氏，是將生產
隊的糧食塞入胃裡，等回到家，藉由催吐嘔出糧食，然後再把
糧食洗淨供家人充飢，而她們最後也因為長期的催吐，到了只
要低下頭，糧食便傾瀉而出的地步。當《豐乳肥臀》中所有的
蛟龍河農場右派隊裡的右派們都得了浮腫病時，只有十個盜食
馬料的幹部和幹部的狗倖免於難。余華筆下的許三觀為了家中
生計賣血，莫言〈模式與原型〉中，也有個因為飢餓而賣血換
錢的狗（張國梁），狗的瘋癲痴傻，正好和精明的基層幹部相
對比，前者的命運和地位恰如其名，狗的生活宛若百姓的模式，
而長於算計的後者，自然成了幹部形象的原型。

　　莫言在《豐乳肥臀》封筆後兩年首度推出的新作〈拇指銬〉，
描述了一段孤兒寡母的悲情故事。小說中的八歲小男孩阿義，
為了替母親治病，大半夜就跑到離家幾十里遠的八隆鎮抓藥，
好不容易得到他想要的東西後，匆匆返家的他在途中路經的一
座墓園裡，竟莫名其妙被一個老人將自己的兩隻大拇指銬上了
園裡的參天古木。在這痛苦的煎熬下，阿義終於淒涼的死去。
在這個故事中，我們除了看見莫須有罪名的災難外，也看到了

人性的袖手旁觀，即便是出手相助，也往往點到為止，或者力不從心。但有一幕極其生動地表現飢餓的畫面不可錯過，那是阿義在八隆鎮時，看見送給藥舖的「兩只水淋淋的玻璃奶瓶」的情景。饑腸轆轆的阿義看見螞蟻吸吮牛奶時，產生了聽到螞蟻「十分響亮」的吸奶聲音的幻聽，這樣的空間，展佈了窮人家小孩在飢餓過剩下的渴望，這是一種藉誇張形式來凸顯貧富差距（阿義 vs 藥商）和貧窮人的淺薄欲望（阿義的處境甚至比不上藥商養的毛茸茸的貓）。然而拿到藥的阿義，幸福感掩蓋了飢餓，四周一切的景致，也變得美好起來。

比阿義幸運，《豐乳肥臀》中從未吃過大魚大肉的小孩們，在上官念弟和巴比特的婚宴上，個個都成了「淨盤將軍」。食物燙，即使「都像毒蛇一樣嘶嘶地吸氣」，他們也絕不罷休，他們搶食時的惡形惡狀和他們吞食時的虎咽狼嚼，在在表現出「食物」在他們生活中的極度匱乏（233-4）。而該小說中上官魯氏的形象，無疑將飢餓推至「莫言」的精神領域。若夫大地自渾沌伊始，就是一個母體意象，不斷地孕育、滋生、成長……，而承載種種降臨其上的災難苦樂，已成為這個地母的神聖使命。傳統乾／父為天、坤／母為地的二元對立，強調陰陽交而萬物生的道理。延續到共和國時代，中國這個過分超載的母體，在極權之父的強行施暴之下，早已千瘡百孔。在這塊土地上，上演過無數齣光怪陸離的荒誕劇，做為一個凡人之母，上官魯氏為這些荒誕做了見證。

上官魯氏將語言用在刀口，她對語言的儉省，除了凸顯了她獨當一面的能力（四兩撥千金、一針見血）外，也表現了在積非成是的年代，唯有寡言、慎言才能見出事實的真相，才能在畸零的社會中遊刃有餘。和魯迅筆下的祥林嫂不同，上官魯

氏沒有時間思考祥林嫂「究竟人死後有沒有靈魂」的疑問，她
一生拉拔十幾個孩子長大，由於時代的不安定，她意識的尋求
安定的方式就是老老實實活著。與其說上官魯氏在面對摧折打
擊時的無言，是喪失了弗洛伊德所說的口腔的雙重功能（吃和
說）所致，不如說她的無言正是一種對抗的姿態。祥林嫂只能
權充一個象徵匱乏或被動的符號，而上官魯氏的主動，卻是共
和國、新社會、被解放了的中國婦女的縮影，這個縮影是許多
母親的集合，她比許多男人更具備了生命的韌性和質地。或許
可以借用王德威在〈三個飢餓的女人〉（'Three Hungry Women'）
（1998）一文中，指陳從魯迅的祥林嫂到路翎的郭素娥這類中
國現代文學中飢餓女人的原型時用的幾句話，來說明莫言小說
中飢餓女性的意義：「藉由她們的存在，作家發出對『匱乏』
的論辯——食物、正義、人性和革命的匱乏」。

　　相對於上述的肉體飢餓，小說中尚存在著另一種飢餓，這
是水蛭嗜血般的飢餓。這種欲求不滿、貪饜無度的飢餓，更加
驚世駭俗地表現在政治的意識形態上。大躍進、大煉鋼與人民
公社的夢想，隨著速戰速決後的崩潰瓦解證實了計畫的謬誤；
搧動階級鬥爭，讓貧下中農翻身教育「黑五類」，結果形成了
另一堆新的且沒有知識水平或專業技術的新霸權。這些新霸
權，「比地主還狠」（莫言，1999：235）。「政治」在〈祖母
的門牙〉（1999）中，「我母親」和宋大叔的一番對話裡原形
畢露：

　　　我母親說：
　　　「不懂你們的這個政治！」
　　　宋大叔說：

「打個比方吧，1957 年，誰不知道吃不飽？可誰要說吃
不飽，馬上就是個『右派』！1958 年，說一畝地能產一
萬斤麥子，誰不知道這是放屁？可誰敢說這是放屁，立
馬讓你屁滾尿流！這樣一說你就懂了吧？」

由於「政治」的荒謬無度，造成「基礎」的哀洪遍野，加上那
些成千上百為了自身利益而吸食人血的幹部[11]，國家「基礎」因
之不斷被啃食[12]，而撼動了原本就沈痾已深的上層建築，就連當
時同為上層建築的藝術──文學，也在一言堂的教化下貧瘠得
可怕，這種精神上的飢餓，導致了改革開放後，文學界排山倒
海的理論吞食現象。

---

[11] 有關莫言小說的幹部形象，請見第四章。
[12] 中共的經濟發展曲線自 1949 年迄 1978 年改革開放 30 年間有兩個波峰─
　　─波峰並不代表高峰，僅指在低潮後發生的提升轉向。第一個在 1951 年
　　左右第一個五年計畫期間；第二個則在 1963 年至 1965 年期間。共和國經
　　濟的真正發展，要等到 1982 年以後。以上資料根據費正清編的兩冊《劍
　　橋中華人民共和國史》。

第三節　性

改革開放後，大陸文壇出現了一批批寫性的小說，其中有男主人翁必須藉助主義來消除胸中迷漲的情慾的張賢亮的《男人的一半是女人》，以及劉恆探索情慾與精神無限性的《黑的雪》；有處處可見的刪節號，讓讀者注入更多自由聯想的賈平凹的《廢都》，還有突破中共性愛的禁區，直寫性的面貌的王安憶的「三戀」，還有呈現性的自然、性的自由的王小波的《黃金時代》和因為敘述太過露骨而差點不能出版的蘇童的《米》等等。

一、性的本真與矛盾

至於莫言〈紅高粱〉中，余占鰲和戴鳳蓮兩人在高粱地裡的歡愛場景，在推出時也廣受注目。莫言認為，王小波的性是利用間離效果，像拉上一條柵欄，而他在〈紅高粱〉裡的人稱敘述方式「我奶奶」，「也是一條柵欄，也把淫蕩和性之間做了區別」（本文附錄二）。莫言認為性是美的（附錄二），但他筆下的性，並沒有太多美的畫面，〈紅高粱〉是個例外。莫言為了再現家鄉輝煌的歷史，爺爺奶奶的形象和行為莫不自成一格，獨樹一幟。他讓奶奶追求自己渴望的愛情，叛父棄夫；他讓爺爺成了高粱地裡鐵錚錚的好漢，殺人越貨。他更製造了蓬勃壯美的性，一個捐棄傳統仁義道德的原始想望。〈紅高粱〉中對肉體和性愛的歌頌與對土地的向下延伸是一種狂歡形式，透過吞吐和交媾，透過對僵化的教條的愚弄和反叛，另一種新的世界觀同時在此孕育滋生。

　　莫言在〈紅高粱家族備忘錄〉一文中，有一段在看過電影
《紅高粱》的樣片後與朋友的對話，讀者不難發現他對性的態
度並非唯一：

> 　　與我一起看了樣片的一位朋友說應該讓爺爺把奶奶
> 的衣服撕開，露出一點胸脯，我回答他道：這種把衣服
> 撕開，露出半個奶子的鏡頭俗濫俗濫！我倒是希望能把
> 奶奶撥得一絲不掛，讓奶奶美麗、聖潔的肉體暴露在天
> 眼之下！
> 　　他說：那不行！我說：是不行，雖然誰要是看了一
> 絲不掛躺在祭壇上的奶奶就想入非非誰就是畜生！
> 　　這真遺憾！
> 　　人類的性關係有時是靈魂的撞擊。是向上帝懺悔；
> 有時不是。
> 　　別的話也就不好說。（1998c：260）

莫言留下了一個弦外之音，這個餘韻或許可以從他的其他作品
中找到旋律。傅柯（M. Foucault）認為十八世紀的歐洲將性慾
和權力的關係集中在人口問題上，簡言之就是以法令約束百姓
生育的自由（1994a：91-2）。無獨有偶的，為了降低人口成長
的壓力，中共從 80 年代開始，頒佈了著名的一胎化政策[13]，這

---

[13]　中共在 70 年代初期為了應付人口過剩的壓力，曾提出「晚、稀、少」的
　　人口政策，80 年代開始，更進一步採行一胎化政策，但實際上中共的一胎
　　化政策並未達到預期的效果。除了傳宗接代的傳統觀念外，毛澤東「人多
　　好辦事」的號召、政治的壓力亦是造成人口急遽增加的因素。有關一胎化
　　的敘述，參考了潘兆民的論點，見《中共社會主義現代化——理論與實
　　踐》，pp221-222。

個政策的實施，讓性慾和權力的關係，達到極度的緊張狀態。
傅柯認為權力是政治技術貫穿於社會機體的運作，然而中共這
次的權力施展顯然不是百分百成功。一胎化並非滴水不漏，因
為有另一個更大的（父）權力機制在百姓的價值系統裡籠罩著。
一胎化政策在中國傳統傳宗接代的觀念下成了一道緊箍咒，莫
言的小說〈棄嬰〉、〈地道〉和〈爆炸〉談論的都是這個問題[14]。
〈棄嬰〉將當時重男輕女的觀念與一胎化政策形成的落差，做
了鮮明的對照，在拯救棄嬰與感恩圖報之間暴露人性的矛盾，
而小說更多地凸顯人性的脆弱、陰暗與無奈。轉親、換親的習
俗和避地生子的東奔西突，考驗時代鼎革之際的法令與積弊已
深的封建思想。〈地道〉裡的方山更加變本加厲，挖好地道竟
是為了讓妻子再度懷孕時躲避政府的搜查，後來妻子終於生下
一子，但性在妻子的身體上，只剩下生育的功能，兩「權」相
戰，死的竟是無辜背負「使命」的女性。〈爆炸〉更涉及了幹
部以身作則的問題，小說中的敘述者我，成了活生生的道具，
他必須以身示法，讓妻子拿掉腹中胎兒。在一場家庭大戰後，
我終於獲勝，然而從我的眼中所看到的血紅意象可知，我內心
還是淌著血的，夾在兩權之中，我有說不出的悲苦。

　　性在莫言心中也是自由的，〈白棉花〉、〈築路〉和〈愛
情故事〉中的男女主人翁，都是勇於追求性／愛的角色。〈白〉
中的方碧玉，為了它不畏死亡；〈築路〉中的白蕎麥為了它，
要情人楊六九替她殺了長年臥病在床的丈夫，楊六九為了它，
完成了情人的要求，白楊兩人可謂狂歡！他們表現出的「非常

---

[14]　另外和傳宗接代有關，但和一胎化沒有明確關係的有轉親和換親的問題。
〈翱翔〉中變成飛鳥最後被射死的燕燕，以及《天堂蒜薹之歌》中，自殺
身亡（一屍兩命）的金菊皆屬此例。讀者不難看出作者對封建遺毒的批判。

人」的舉動，都是出於某種對先驗的符號系統的反撥，對於深入中國人骨髓的人文化成的「道德『性』」而言，這是企圖還原性的本真的舉動。〈白狗鞦韆架〉中的暖姑、〈金髮嬰兒〉中的紫荊和黃毛、〈透明的紅蘿蔔〉中的菊子和小石匠，還有《十三步》中的化妝師李玉蟬，都是這類自由追求性／愛的人物。

　　此外，《豐乳肥臀》中的孫不言在「強暴」上官領弟後，原應遭到槍決，但卻在鬼門關前被這位鳥仙救了回來，甚至成了親。自從和孫不言發生性關係後，鳥仙臉上便流露出動人的微笑，眼神更散發出迷人的光彩，在刑場握住孫不言「造了孽的傢伙」的她，「厚唇上浮著貪婪的、但極其自然健康的欲望」（1996e：172），領弟因為鳥兒韓韓頂山（愛情）被抓成了失心瘋，又被孫不言喚醒了原始的渴望（性欲）；而鳥仙的大姊上官來弟自從在丈夫沙月亮死後，陸續和司馬庫（偷情）、孫不言（被迫）與鳥兒韓（自願）發生性的接觸，來弟和鳥兒韓的愛情，「像沼澤地裡的罌粟花，雖然有毒，但卻開得瘋狂而豔麗」（1996f：468），他們的性，「沒有絲毫的淫蕩，充滿人生的莊嚴和悲愴」（ibid：471）。與鳥兒韓嚐到性愛的甘美後，來弟原本愈來愈近似瘋癲的舉動，逐漸有了清晰的面目，在自首前（來弟殺了孫不言），來弟對母親說了自己「一輩子沒像現在一樣明白過」（477）的心聲。這裡的性和淫蕩，也正是莫言圍上「柵欄」後，產生的分野。

　　相反地，在性前面無能的當非《豐乳肥臀》中的上官金童莫屬。金童這個窩囊廢，除了姦屍（龍青萍）和被女人（汪銀枝）戲弄外，即使面對司馬糧招徠的女侍和獨乳老金，他也只能專注在那一具具碩大的乳房上。另一個無能的例子是〈金髮嬰兒〉中的軍官「他」（我），他的無能在於長期禁閉在政策

的意識形態牢籠裡，小說中廣場上的女體塑像，成了他偷窺與
觀淫的對象，這裡作者不無諷刺地批判了中共政策的謬誤，由
於政策的高壓，他無法從權力網的縫隙中另謀出路，與其說是
他扼殺了嬰兒，不如說是苦苦糾纏著他的惘惘的威脅。「他」
在中共的保守「性」政策的軌範內，逐漸失卻性心理的平衡，
他最後精神錯亂地殺死了金髮嬰兒，正符合了傅科所謂的「人
身上一切被道德、宗教以及拙劣的社會所窒息的東西都在這個
兇殺城堡中復活了。在這些地方，人最終與自己的自然本性協
調起來」（1994b：248）。相似的情形在〈歡樂〉，在這篇寫
得密不透風的小說中，「歡樂」成了被農藥噴灑後浸入水中如
刀割般的歡樂，成了神經質般地敲打碗盆的歡樂，更成了死亡、
解脫的歡樂。小說中屢試不第的永樂，在罵聲中看到了世界黑
暗的本質，這個「世界」即是他生存的環境，在這個世界，存
在的只有壓抑、無奈、痛苦、仇恨和嫉妒——還有性愛的無望。

二、莫言的狂歡節

　　除了上述〈紅高粱〉和〈築路〉外，〈紅蝗〉中的狂歡現
象應該可以在「莫言小說史」上立碑作傳。巴赫金（M. M.
Bakhtin）在研究拉伯雷（F. Rabelais）的創作與文藝復興時期的
民間文化後，產生了一個重要的「狂歡節」（Carnival）論述。
巴赫金認為，狂歡和怪誕現實主義有著密切的關連，因為它們
同屬民間詼諧文化的形象體系。在怪誕現實主義中，物質—肉
體的因素從它的全民性、節慶性和烏托邦性的方面展現，而體
現者為不斷生成發展的人民大眾，因此肉體的意義在這裡變得
不可估量。怪誕現實主義的主要特點在於它將精神和理想等抽
象物移轉到整個不可分割的物質—肉體和大地的層面，而這種

貶低化行為具有雙重性意義，它既肯定又否定（1998f：23-4）。狂歡節強調肉體的參與，認可肉體的可理解性，重視人民整體，而且是自發的、以民間方式組織起來的整體。在狂歡的活動中，這個整體讓人民感到「自身具體感性的物質—肉體的統一與共性」（ibid：295）。

　　狂歡節的意義既簡單又複雜[15]，它的簡單在於它強調了污穢和低下的不凡，舉凡性器、排泄、吞吐、粗話、諷刺、交媾、疾病……等，都被歸類為肉體下部形象，而它的對立面是頭腦、靈魂、聖潔、典章、制度……等被稱作形而上或高尚的東西。若將狂歡節看作是對這些低下部位的歌頌，並對崇高和神聖進行反撥，便有將之簡單化、片面化之嫌。在巴赫金的論述中，一個貫穿他思想的討論核心，拉伯雷的作品，是在對物質—肉體歌頌之餘，將這個向下的運動歸根究底指向一個歡樂且實在的未來，它的詼諧和遊戲性質，具有高瞻遠矚的目的，它要藉著狎昵的語調和大無畏的精神，驅散包圍世界及一切現象的陰暗，拋棄一切虛偽的假面。狂歡使世界更具物質性，更具有肉體的合理性，它不是一個孤立的日常生活的下流行為，而是在民間—廣場形式下，成為世界的有機組織的一部份，而這些都必須透過「褒貶融合」方能實現，而這正是狂歡的複雜之處，但亦是其精髓所在。

　　當一切都指向下部、指向土地、指向死亡時，這個反映物質—肉體形象的過程，標誌著希望的再生。亦即我們在進行吞食、譴責、下拋、詛咒和交媾等降格行為時，它們又在同一時間重新孕育、誕生、成長、復興和弘揚。易言之，扼殺和誕生、

---

[15]　有關狂歡節的意義，參閱了巴赫金，1998f。

誇讚和毀謗、粗鄙和高尚等相互排斥的對象，全都從內部變得
密切相關，這種雙重性，正是狂歡節的魅力所在。

〈紅蝗〉裡出現的肉體—物質現象可由下列四組敘述進行
查證：

> 每當四老爺跟我講起野外拉屎時種種美妙感受時，我就
> 聯想到印度瑜珈功和中國高僧們的靜坐參禪，只要心有
> 靈犀，俱是一點即通，什麼都是神聖的，什麼都是莊嚴
> 的，什麼活動都可以超出其外在形式，達到宗教的、哲
> 學的、佛的高度。（1993c：24）

拉屎這個下部動作指向土地，而拉屎的感受產生的同時又生出
瑜珈、參禪這些上部行為的感受，由此達到了統一的共性。

> 家族的歷史有時幾乎就是王朝歷史的縮影，一個王朝或
> 一個家族鄰近衰落時，都是淫風熾烈、爬灰盜嫂、父親
> 聚麀、兄弟鬩牆、婦姑勃谿——表面上卻是仁義道德、
> 親愛友善、嚴明方正、無欲無念。（畫線處為筆者所加）

> 嗚呼！用火刑中興過、用鞭笞維護過的家道家運俱化為
> 輕雲濁土，高密東北鄉吃草家族的黃金時代已經一去不
> 復返，我面對著尚在草地上瘋狂舞蹈著九老爺——這個
> 吃草家族純種的子遺之一，一陣深刻的悲涼湧上心頭。
> （ibid：81）

瞬間，我們感到種的退化。然而，仔細品味後，會有意外的發現：在這裡，「表面上」的現象是上部的，實際上的行為卻是下部的。現在這個家族正是「淫風熾烈」的時代，他意識到「被欲望尤其是性慾毀掉的男女有千千萬萬，什麼樣的道德勸戒、什麼樣的酷刑峻法，都無法遏止人類跳進欲望的紅色沼澤被紅色淤泥灌死，猶如飛蛾撲火。這是人類本身的缺陷」（1993c：99）。「缺陷」是從上往下看的標準，但千萬男女義無反顧地背叛它，家族（王朝亦然）鼎革之際，在一切辱罵的同時，另一個新的家族正應運而生。

> 紅色的淤泥裡埋藏著高密東北鄉廣大凌亂、大便無臭美麗家族的過去、現在和未來，它是一種獨特文化的積澱，是紅色蝗蟲、網絡大便、動物屍體和人類性分泌液的混合物（ibid：31）

過去、現在和未來是時間的線性函數，這個美麗家族的獨特性正在於它的褒貶融合，我們相信這個家族的新貌正在成形，誠如小說中的敘述者我所言：「總有一天，我要編導一部真正的戲劇，在這部劇裡，夢幻與現實、科學與童話、上帝與魔鬼、愛情與賣淫、高貴與卑賤、美女與大便、過去與現在、金獎牌與避孕套……相互摻和、緊密團結、環環相連，構成一個完整的世界」（1993c：131）。這裡並不存在一個森嚴的二元對立系統，而是在一個統一的活動中，完成融合，這正是巴赫金所說的狂歡！

　　處在文化轉型期的中國大陸，莫言這種思想正符合了巴赫金的嘉年華的狂歡形式，然而由於相信「悲劇是世界的基本形

式」（1996g：252），加上莫言本身的矛盾（除了《食草家族》
所附「作者的話」外，有耐心的讀者在《酒國》末篇一連串酒
醉囈語中，當會發現莫言這麼說過：「多少年一直被性與道德
糾纏得痛苦不堪人格分裂」〔1992：414〕），這種狂歡的精神
成了莫言惴惴不安的漂流情緒下的一次靈光乍現，對性的矛盾
並未能將這個狂歡節昭告天下、與眾樂樂。莫言筆下有揚棄道
德，自由享受性的美好的芸芸眾生，而糾纏在性與道德之間的
矛盾男女當然也不在少數。莫言的不安集中表現在對亂倫的恐
懼上，它始終是莫言欲去還留、欲語還休的夢魘，而《食草家
族》中的那些生蹼的祖先，無疑是亂倫恐懼的代表。

三、亂倫恐懼

　　佛洛伊德在對澳洲土著等幾個原始民族進行研究時發現，
原本我們（文明進步）以為他們（原始落後）在性生活上不會
有什麼道德觀念或高度限制的想法，在看到了他們對性做的嚴
格防治後徹底改觀。原始民族「嚴格得近乎痛苦地防治著亂倫
的性行為」，佛洛伊德甚至認為，「他們整個社會結構就是為
了這個目的而設立，不然至少也與之大有關係」（1995：14）。
在佛洛伊德的精神分析學中，早就提出了男孩最早的愛慾對象
是亂倫的說法，他認為這些亂倫的慾求，已經被文明人壓抑在
潛意識，但對原始部落的人而言，卻依舊是無時不在的威脅
（ibid：29-30）。

　　我們無法確定小莫言是否符合佛洛伊德「男孩最早的愛慾
對象是亂倫」的說法，但這個亂倫禁忌[16]在莫言心中卻顯而易

16　禁忌（Taboo）是表示一個人，一個地方，一件東西或一種暫時性的情況，
　　它們具有這種神祕力量的傳導作用或者本身即是這種神祕力量的來源。同

見，它呼喚著他步入文明前的潛在記憶。巴塔以（G. Bataille）指出，「亂倫的關係是一個如同夢和神話表演的全球性的魔念。如果不是如此，為什麼這個禁忌如此嚴肅地被宣告？這個現象的解釋有一個根本的弱點。這個在動物身上不存在的非難是一個歷史事件，是一個讓人類生活成為什麼的改變的結果；它不僅是事物秩序的一部份」（1986：199）。莫言以亂倫為題材的小說，〈屠戶的女兒〉應該是最早的一篇，這也是莫言小說中，唯一以女性為敘述者「我」的形式（《十三步》中游移不定的觀點不在此列）。故事描述香妞兒（我）和母親與外公一家三口，以屠宰販肉維生，除了殺豬的場面猶有可觀外，原也稀鬆平常，人（香妞兒）狗（小黑狗）對話更不是莫言小說的新鮮貨色。然而當香妞兒生病獨自一人在家時，偷溜出家門玩耍的香妞兒，被人發現她竟是個長了魚尾巴的怪物，此時情節急轉直下，香妞兒知道自己與眾不同之處，原來，她是外公和母親亂倫所生。當消息曝光後，外公自動消失，而我們也終於知道原來母親對外公的冷漠是其來有自。母親只能編織謊言安慰香妞兒，也藉以舔舐自己的傷口。

　　莫言的反叛性格在《食草家族》裡表現無遺，但面對亂倫這個禁忌話題，由於「這個禁忌如此嚴肅地被宣告」，他仍然顯得侷促不已。巴塔以認為，人們在感受到自我的撕裂感時完成了他的內在經驗（ibid：39）。莫言感到恐懼，顯然有一個在背後有形或無形操控的實體──在文明地區是宗教、文化和法律，它們都有著堅固的規訓（discipline）和機制（mechanism），

時，它也常代表了由這種事物禁忌預兆所產生的禁制。而必須說明的是，這個名詞的內涵係包括了「神聖的」和「超出尋常的」及「危險的」「不潔的」和「怪誕的」等意義。（佛洛伊德，1995：36）

而在落後地區則是圖騰信仰，它們被人類學家稱作當地的法律
和宗教，這可從溫德特對禁忌恐懼的發展形態說明得到佐證[17]。
莫言為他的亂倫角色施以生蹼的懲罰（現代醫學證明，亂倫可
能會生出畸形兒，可能不會，而生出畸形兒亦並非都是亂倫的
結果），並為他們塗上異於「常人」的色彩，這些詭譎陰森的
色調，讓人讀之毛骨悚然。然而莫言又不忍放棄，他對亂倫的
想像蠢蠢欲動，甚至企圖建構一個食草家族是個亂倫家族的宏
圖（從〈馬駒橫穿沼澤〉可知）。

　　莫言這樣的撕裂感，是因為超我（superego）凌駕其上，亂
倫的慾望被禁制，但始終被壓抑在潛意識裡，一旦禁制放鬆，
甚至停止作用，這個慾望便會穿透意識層面而再度從事活動。
莫言發現這個裂隙，但由於它本身無法成為一個答案的終點，
因此他也只能天馬行空，在五味雜陳的空氣中衝擊震盪，於是
乎產生一種「心靈的固著」[18]狀態。而莫言的亂倫恐懼，只能採
取虛擬實境（virtual reality）的方式來進行一場場褻瀆文明的儀
式（ritual），以此尋覓慾望的出口，然而終究是無解。

17　溫德特（Wundt）認為，禁忌起源於一種人類最原始且保留最久的對「魔
　　鬼」力量的恐懼本能，禁忌將這種本能實體化，且具有隔離的作用。隨著
　　文化形態的轉變，禁忌逐漸成了一股有自己基礎的力量，並且逐漸遠離「魔
　　鬼」而獨立，但它其實是以另一種變形存在於習慣、傳統和法律之中。因
　　此，人類在經由心靈的保存作用後，在本質上仍然保有這種力量（佛洛伊
　　德，38-39）。雖然溫德特和佛洛伊德都不能指出那種對「魔鬼」的恐懼的
　　根源，然而正由於這種不可名狀的恐懼，人類才會更加小心翼翼，禁忌的
　　雙重特性不會下落不明。
18　這是佛洛伊德的術語，指的是在禁制和本能的不斷衝突下，產生的不穩定
　　的穩定狀態。他將這種由固著的方式形成的心裡特質稱為「『自我』對於
　　某一單純物體或與此物體有關的行為保持著一種矛盾的情感態度」
　　（1995：46）。

四、虐戀

　　馬庫斯（M. Marcus）在討論虐戀者中的被虐對象的心理時曾說過：「感受絕對的軟弱無力是一種方式；感覺被人控制和疼痛是另一種方式；喝醉是第三種方式；自殺是最後的希望，在一切其他擺脫孤獨感的辦法都無效時，這是最後的出路。但這些都是手段，不是目的。疼痛、折磨和羞辱都是為擺脫孤獨感所付的代價」（間引自李銀河，197）；霍妮（Horney）則認為，受虐衝動來自對愛的需求，受虐傾向來自內心深處對自身軟弱以及缺乏重要性的恐懼，而這種恐懼又導致對感情的強烈需求，以及對別人不讚賞自己的恐懼。這種帶有自戀的感受無法自我控制，往往使自己沈浸在「一場折磨的狂歡宴會」中，藉以尋求痛苦的狂歡經驗，在極度的痛苦中，反而沖淡了痛苦（參考李銀河，194）

　　莫言在最新長篇小說《紅樹林》裡，塑造了一個受虐形象林嵐。林嵐的出身好，雖因父親於文革期間被整肅而有過一段到紅樹林插隊的生活，但總的來說，她的物質生活一向富裕，在社會價值上，她高人一等。然而她的愛情卻潰不成軍，因為遭金大川的暗中挑撥，她和青梅竹馬同時也是她唯一的愛情歸宿馬叔分道揚鑣。失去愛情的支柱，又成了父親對秦書記的政治獻金，林嵐在精神枯竭後油然而生的赤裸慾望（性欲和權欲），燒毀了自己愛的能力。面對個性剛正不阿的馬叔，她的一再明示，竟如搖尾乞憐：

　　　「我是個女人，在你面前我永遠是個女人……」（241）
　　　「老馬……親親我吧……我是個可憐的女人……」（241）

> 「親愛的……你要了我吧……你要了我吧……你不知
> 道，我熬得有多麼苦……」（241）
> 「現在，我在你的心目中更是一錢不值了吧？一個跟公
> 公爬灰的女人，一個與鴨子宣淫的女人，一個跟害自己
> 的男人通姦的女人」（365）

如同馬庫斯和霍妮說的，她「感覺被人控制和疼痛」，她酗酒，
讓自己嚐到醉酒的痛苦，她最後吞食珍珠企圖自殺，這些「疼
痛、折磨和羞辱都是為擺脫孤獨感所付的代價」。她這種「來
自內心深處對自身軟弱以及缺乏重要性的恐懼」，都是因為愛
情的空白，換來的悲傷填補。這一場場「折磨的狂歡宴會」和
狂歡[19]經驗，最終隨著馬叔替她銬上冰冷的手銬，淒愴地落幕。
　　小說中另一個來自紅樹林的女子陳珍珠，在歷經城市的風雨
催折後，仍然屹立不搖。這個在美貌上比起林嵐猶有勝之的美
人，在面臨未婚夫大同見利思遷的打擊，以及市長公子林大虎的
處心積慮下，嫁入豪門。做為二十世紀末的一股清流，珍珠被輪
暴、被未婚夫嫌棄，乃至在嫁入豪門後方知丈夫便是昔日的強暴
犯之一的遭遇，是莫言藉性暴力對無所不在的權力（父權：珍珠
不是處子之身[20] / 政權：市長之子 / 金權：物質誘惑[21]）的指控。
在林嵐和陳珍珠的對照下，前者逐漸偏離了她年輕時的預期軌
道，而後者卻是雖然意外入了「歧途」，但本質卻未曾改變。

19　這裡的狂歡和巴赫金的狂歡節不同。
20　雖然大同的父親執意要大同娶珍珠為妻，但大同自己卻無法克服這個障
　　礙，他始終在這個情結上掙扎。
21　大同捨得離妻，捨不得花三百元和珍珠註冊登記；林大虎之流，依恃錢權
　　相依的「道理」，胡作非為。

　　「現在這年代，性已經脫下了神祕、莊嚴的外衣，性就是性，赤裸裸一絲不掛。現在的年輕人的性觀念跟我們不是一回事，你很難對現在的事進行價值判斷」（1999：135）。莫言面對 90 年代末（《紅樹林》的年代）的性時，顯然不知所措，甚至不以為然，讀者可由小說中屢屢出現的「交配」字眼見其端倪[22]。莫言將過去林嵐和馬叔騎單車的情景，和現在林嵐與牛郎（小說中稱「鴨」）歡愛的場面並置，透過這樣的蒙太奇處理（浪漫之旅 vs 淫蕩之夜），增加了小說的戲劇張力和衝突性。而飯店內監視系統旁的偷窺者，竟也意亂情迷，就地取材，現學現賣。這種在大陸新時期小說可謂空前的描述，不僅有電視連續劇的賣點[23]，在小說的意義上，它符合了作者對二十世紀末，性的速來速去（easy come, easy go），「赤裸裸一絲不掛」的內涵。

　　然而作者又並非那麼簡單，從林嵐與秦書記的關係，我們可以清楚地看到，性除了「赤裸裸」外，還意味著權力；自從林嵐在秦書記的面前現身，性和權力就有了剪不斷理還亂的關係。秦書記利用職權之便對林父威脅利誘雙施，終於讓林嵐成了他明媒正娶的兒媳婦兒，秦書記的如意算盤撥得響，是放長線釣大魚，沈積已久的慾念在騷亂的內心蠢蠢欲動，按耐不住的野火，勾動天雷，燃燒在風雨交加的午夜。當秦書記強佔了林嵐的肉體，繼之林嵐的傻丈夫歸了土，這兩副被情慾纏身的肉體，不斷上演著「交配」的戲碼。林嵐和公公秦書記之間的「亂倫」，嚴格來說並不能成立，因為這是秦書記的早有預謀。

---

[22]　這個動詞在形容林大虎、錢二虎和李三虎等年輕人的性行為時所用，莫言甚至用豬交配來苛薄林嵐和牛郎的性。

[23]　莫言自稱《紅樹林》的藍圖來自他所編的一齣連續劇。參見莫言，1999❹。

莫言利用幾近於色情的（porno）字眼，將場場好戲色情化，而如斯色情化的處理，又是一次莫言對權力的諷刺。秦書記是如此將他和林嵐的關係「合法化」，並賦予「正當性」：

> 這樣的事情，發生在老百姓身上，當然是不道德，是「爬灰」，是醜聞，但是這樣的事發生在我們這樣的人身上，就是浪漫，我們的官當得越大，這件事就越顯得是小事一樁。（340）

透過自我漂白的工夫，林嵐浮升的權力慾望壓制了道德的譴責，「與當大官比起來，個人的那點事（按：被秦書記強暴）就顯得沒有份量了」（339）。從小說中強烈的辭彙，莫言對權力的痛恨，可見一斑：「權力，真是一個可怕的魔鬼。它可以使愛情變質，它可以使痛苦淡化，它可以使感情變質，它能使一個有潔癖的女人吞下大便，它比世上最毒的毒品還要毒」（324）。林嵐的父親林萬森為了權力，出賣女兒——儘管這樣做是痛苦的，等到女兒官高鎮父，面對「領導」也只能低聲下氣、畢恭畢敬。這個從亮相（縣長巡視運動會）到衰相（冷冰冰的醫學標本）的悲劇角色，成了權力場域中鼻青臉腫的犧牲者，女兒對他的信賴和尊重與官位形成了強大的反差。

　　若從另一個角度觀之，林嵐擺脫纏繞在自己身上的權力機制（意識形態與文化限制等），進而反過來以之獲取權力，躋進權力的中心，原本似乎能夠由林嵐身上建立一個性的當代性，然而莫言卻反其道而行，替她貼上一個腐化墮落的標籤，雖然他對她充滿同情。林嵐原本是個具有進步思想的女子，因為「人在江湖、身不由己」，時代和環境將她推向權力／腐化

的荊棘道路。這個在愛情面前渺小得如螻蟻一般的女人，面對自尊，遍體鱗傷的處境逼得她不得不棄械投降，小說發展到最後，林嵐成了待宰羔羊，吞下再多的名貴珍珠，也滋補不了她貧乏的身軀和靈魂的流離失所，馬叔的幾句「盟誓」和「告白」，也顯得如肥皂劇般蒼白無力，他們的「愛」，愛得支離破碎。

　　陳珍珠的悄然退場，讓人頓覺作者意猶未盡……，小說結局正義戰勝了強權，壞人伏法，表面上還給陳珍珠一個公道，但這個懸宕的尾聲，被林嵐嘔吐的珍珠掩蓋，陳珍珠的孤獨，似乎聽不到合理的回音；陳珍珠的命運，下落不明。

第四章　千言萬語

第一節　說故事的人

一、發現「說故事的人」

　　班雅明（W. Benjamin，1892-1940）在〈說故事的人〉（'The Storyteller'）[1]一文中開門見山提到了所有說故事的人汲取的泉源──口傳經驗的消散現象，他認為交流經驗的能力喪失，肇因於經驗貶值，且這種情況似乎還會不斷跌至谷底。他指出，「朝向實際事物，是許多天生的說故事的人的特徵」（86），說故事的人是為他的讀者提出忠告（counsel）的人，然而時至今日，這些看似老掉牙的「忠告」，由於經驗交流的機會逐漸減少，變得忠告沒有提出的對象，而要想尋求忠告，首先要能夠說故事。班雅明認為，「忠告和現實生活的質地編織在一起就成了智慧」（86-7），但這種說故事的藝術，卻由於智慧已經到了瀕死狀態而達到終點，取而代之的便是小說的發軔。

　　莫言自謂：「我是在廿歲以前基本上都用耳朵來閱讀」（1999❸：105），「這些東西（按：指用耳朵閱讀來的東西）在我進入創造過程對我起的作用很大，而且經常一串串的往裡頭冒」（ibid：106）。二十歲是莫言當兵的年紀，從莫言的言談中，我們不難明白莫言的斷代所指。前文曾經提及，莫言讀

---

[1] 本文有關班雅明說故事的人的說明皆出自 'The Storyteller'，該文收錄於班雅明 *Illuminations*，pp83-109。除文中引用部份隨文註出頁數外，餘不另加註。

書的歲月隨著文革暫時畫下休止符，當時莫言只有十一歲。莫
言的爺爺、奶奶都是農民（班雅明認為廣大默默無名的說故事
者中，一種是定居當地的農民，另一種則是經商的船員，這兩
種說故事的形式在時空的遞演下緊密穿插），大爺爺則是見多
識廣的草地醫生，莫言當時用耳朵閱讀的內容，大抵來源於家
中長者。如同班雅明說的，「沒有任何東西能比排除了心理分
析的緊湊凝鍊的故事更能深入記憶」（91）。說故事者講述的
過程愈自然，故事留給聽眾的印象就愈深刻，而故事愈完整地
整合聽眾的經驗，被傳述的機會也愈高。而聽眾忘我的程度和
故事留在記憶的深刻度成正比，當故事的旋律握住他時，複述
故事的能力也就自然而然地於焉形成，於是，說故事的天賦便
在這個織物（web）的原始狀態被撫育。

　　班雅明將眼光放在工業時期的環境，說故事這種前工業時
期的活動，隨著新的傳播形式（資訊、小說）的興起，而逐漸
進入歷史的尾聲。班雅明指出，在工作環境（如：農村、海上
和都會）盛行一段長時間的說故事本身好比是一種傳播的工藝
形式，但它不像資訊或報導以傳達事物本質為目的，而是將事
物沈陷在說故事者的生命，它這樣做，是為了能再從後者身上
提領出來，如此故事就有了說故事者的痕跡。莫言的爺爺奶奶
都善於說故事，莫言小時候的膽小，便和聽了太多家鄉的鬼故
事有著莫大關係。爺爺奶奶將口傳經驗代代相傳，而這些經驗
便常駐在莫言的腦海，成了莫言日後傳遞經驗的香火。

　　盧卡奇（G. Lukacs）在《小說理論》中指出：「時間只有
在人們與超驗的家園（transcendental home）失去聯繫後才能成
為建構的原則。」（99），在盧卡奇的基礎上，班雅明提出小
說家的責任在於懷著憂鬱的心情去管理記憶的尾聲（bequest）

的看法。莫言在 83 年到北京當宣傳幹事，84 年進入軍藝，85
年正式崛起文壇，而這正是一個從文革破敗的廢墟中，逐步恢
復生機的年代。進入北京這個首善之區，接受新刺激的莫言，
無法掩飾身處新（北京）舊（高密）環境衝擊下產生的不適與
不安。曾經一度以寫有別於家鄉生活題材的小說為志的莫言，
在發現無法為是類小說注入靈魂後，開始有了創作上的轉向。
誠如莫言所說：「當我遠離故鄉後，當我拿起文學創作之筆後，
我便感受到一種無家可歸的痛苦，一種無法抑制的對精神故鄉
的渴求便產生了。你總得把自己的靈魂安置在一個地方，所以
故鄉變成一種寄託，變成一個置身都市的鄉土作家的最後的避
難所」（1998c：242-3）。故鄉那個「超驗的家園」成了莫言
在空間的斷裂下，靈魂的皈依之所；然而誠如班雅明所說，小
說家對回憶的繼承，很少不帶有深沈的憂鬱，面對時間的無可
挽回，莫言只能從記憶的縫隙中，不斷穿透、轉化、創造，讓
「故事」的火種以「小說」的形式繼續延燒。

二、莫言的故事

　　莫言早期的小說，大抵是以鄉野傳奇為主的題材。〈民間
音樂〉（1983）這篇讓莫言恩師徐懷中大大稱讚的作品，寫的
是發生在馬桑鎮上，一段感人的愛情故事。故事從酒店老闆花
茉莉在一個古曆四月的黃昏，收留了一個流浪的瞎子開始。離
過婚的花茉莉，收留小瞎子的舉動成了鎮民街議巷談的話題，
在鎮民窺伺的行動和期待落空後，絲毫沒有為他們兩人的新聞
降溫，因為第二天這個被花茉莉打理得「體面的瞎子」
（1996g：58），便因為出色的琴藝擄獲了鎮民的心。瞎子的
音樂中，蘊藏著四季古今，混融了離合悲歡，更具備了淨化人

心的魅力。馬桑鎮三教九流的人物，全都沐浴在瞎子的樂音
中，彷彿接受上天灌頂的信徒，而酒家的生意也隨著瞎子的音
樂水漲船高。被小瞎子觸動了靈魂的花茉莉，心中的愛苗在金
風蕭爽的秋天瓜熟蒂落，當她向小瞎子表白後，卻換來對方的
無顏高攀，小瞎子走了。然而花茉莉這個獨立的女人，她明白
自己的追求，她自行結束一段在他人眼中幸福不過的婚姻，在
小瞎子走後，更毅然決然放棄如日中天的事業，踏上追隨小瞎
子的旅途。「人們都要在生活中認識人的靈魂，也認識自己的
靈魂」（ibid：49），這是不易得之的人生智慧，然而花茉莉對
自身的誠實，讓她能夠在繁華中，覓得靈魂的安身之所，「來
自無比深厚凝重的莽莽大地」（ibid：73）的民間音樂，宛如
和時間對抗的民間史詩，它滲透人們的古老記憶，喚起了人們
蒼老的靈魂。花茉莉和小瞎子的愛情，成了民間音樂中，一支
憂傷的旋律。

　　《豐乳肥臀》如同班雅明所說的「編年史」（chronicle），
它在歷史書寫的光譜上，展現出人世命運的樣本，然而莫言並
非將「歷史」立基於深不可測的神意之上，反而是「在說故事
的人身上俗世化，因而得到了保存和轉化」（Benjamin，96）。
〈石磨〉（1984）中，藉由敘述者「我」的故事，莫言同樣將
家族的歷史進行保存。故事中我和珠子是青梅竹馬，無論上學
和玩耍、受罰都在一起，我家裡有一盤村裡最大的石磨，那是
在土改時鬥垮地主獲得的勝利果實。母親和珠子的寡母四大娘
長期以來負責合推這盤石磨，而我的父親卻是兩個女人之間的
感情遊客。時間在石磨的運轉下悄悄流逝，在證實了我和珠子
的關係不是親兄妹後，兩人終於結婚生子，兩代家庭於是成了
三代，而歷經三代的石磨，仍然持續不輟地運轉著。在故事結

束前，我們感受到明媚的陽光，而在陽光的粒子中，我們看見了人在歷史的石磨中，不停地轉動。

〈草鞋窨子〉（1985）講的是在草鞋窨子（草鞋匠的工作場所）中發生的故事。在這裡工作的，除了敘述者我和父親之外，還有袁家五叔、六叔兄弟。小爐匠小舐轆子和蝦醬販子于大身是窨子裡的常客，他們都是說故事的能手，前者年串四鄉，後者則往來北海與家鄉之間。在〈草鞋窨子〉中，幾個男人交流的無非偷情和鬼故事之類，就連不輕易說故事的袁五叔也為了答謝于大身的花生，而說了幾則有關偏方和鬼怪的故事。這些鬼故事有會跟蹤人的鬼火，會說人話的話皮子；有吃人家閨女的蜘蛛精，還有陰宅中的美豔女鬼……等等，當長輩述說這些故事時，我成了專心至極的聽故事者，而在聽故事的過程中，說故事的能力亦於焉形成。〈草鞋窨子〉中的故事並不新奇，鬼故事大抵承襲了《聊齋》的傳統，而偷情的故事由古至今亦都不是新鮮話題，然而這正顯示了，在這些平凡的素材中，人民津津樂道的鄉野傳說和野史軼聞，在他們心中起的潤滑作用，編草鞋（如同班雅明說的陶藝匠將故事揉進陶器一樣）時，故事的內容也在編織草鞋的同時，銘刻記憶的紋路。從這種代代相傳的文化遺產的傳遞過程中，生活的智慧和經驗也在無形中滲透到交談的話語間，如同水中夾帶的金沙，閃閃發光。

〈紅耳朵〉和〈神嫖〉講的是奇人的故事。〈紅耳朵〉敘述巴山鎮王十千一生的傳奇，王十千因為生著一對招風大耳，七歲時便被相命的視為「人中龍鳳」，這個父親是巴山首富的人中龍鳳，從小就有不凡的表現。他除了從小就被父親當作是前世的討債鬼前來索債，而遭到幾年苛刻的待遇外，恢復公子身分的王十千，並不像一般富家公子，為了維護自家的利益，

便反對一切威脅家產的勢力。相反地，十千自稱自己是個布爾
什維克，由於對學校姚惠老師的愛慕，投姚所好成了十千換取
注意的不二法門，只要他的那雙紅耳朵被姚惠輕輕撫摸，十千
便覺得一天沒有白過。十千為了搏得老師歡欣，偷了家中四百
元大洋暗中資助學校的遊行活動，事後遭到父親痛罵。學校停
課後，十千被送進城學做生意，混了三年後，還是站在原點。
他不像一般紈袴子弟流連在煙花巷裡，卻嗜賭如命，甚至在父
親的靈堂上也聚眾豪賭，一夜輸了半個綢緞莊。王十千不慕財
富──簡直就像個散財童子，招來了「王瘋子」的名號，十千
的散盡家財，導致自己最後成了乞丐，而他的布爾什維克思想，
更讓他死在國民黨的槍口下。由於十千的慷慨，讓巴山鎮成了
均富的地區，土改時，這些躍升為地主的惡霸們方才驚覺：原
來他們都死在十千手裡。

〈神嫖〉中的王季範也是個民國時期的人物，在一次春遊
途中，他遇上了一群乞丐，被要去身上的衣物，只剩條褲頭的
王季範，在孩童的嘻笑聲中，卻依舊怡然自得，王季範的瀟灑，
立時讓人眼界大開。王季範的特異，從他在槐花林裡迴避人間
煙火可見一斑，他將衣物不吝惜地饋贈給乞丐，讓高密東北鄉
的乞丐成了最有「看頭」的叫化子；他的姨太太們在得不到關
愛下，或捲款潛逃，或私通長工，但他都不聞不問；長工往自
家偷麥，他非但不責怪反倒為告密者獻計。故事隨著王季範於
大年初一這個窯子和嫖客都歇業的日子要嫖而達到高潮。王季
範嫖的方式自然別出心裁，他赤著腳在二十八個叫來的妓女肚
皮上走了個來回後，便差給每人一百大洋，叫車夫送她們回去。

〈神嫖〉也是個代代相傳的家鄉奇人軼聞，王季範和〈紅
耳朵〉裡的王十千一樣，都是當時能見人所不能見的高人，就

中的智慧非凡夫俗子所能勘透——而此正是故事隱含教化之
處。我們或許可以從〈神嫖〉中「我」的大爺爺說的話得到啟
示：「季範先生是從書堆裡鑽出來的人，把宇宙間的道理都想
透徹了。什麼叫聖賢？季範先生就是聖賢」（518），王十千並
非學富五車，但「人生意義」對他來說早就明澈如鏡，這兩個
「異質的高人」（514），一個雖然在故事裡不知所終，一個更
是悲哀地死去，但他們獨特的風流懿行，卻值得所有聽故事的
人借鑑。

　　〈紅耳朵〉和〈神嫖〉講奇人，〈我們的七叔〉（1999）
和〈三十年前的長跑比賽〉（1998）說的還是奇人。班雅明認
為，「說故事的人傾向於在故事開始時，為他們如何知悉自己
接下來要說的故事做介紹，除非他們簡單地把它當成自己的經
驗而敷衍帶過」（92），這樣的傾向，在中國傳統說部中亦可
見到說書人（以及撰寫成書的小說作者）步履的痕跡。〈我們
的七叔〉是莫言最具說書人姿態的作品之一，他採用說書時間
斷和疏離的效果，並且一開始就介紹讀者故事的梗概，讓這篇
在以「我」為敘述主體的故事，更具「說故事」的味道。七叔
一生最重要的事蹟，全都濃縮在大約一萬五千字的篇幅中，而
七叔一生的重要事蹟是圍繞著一套軍裝和一枚淮海戰役紀念章
而展開。七叔這個別人眼中的「革命神經病」（119），為了表
示對國家、對黨的盡忠（他申請入黨被拒），不但妥善保管他
比親人還重要的光榮戰役品外，更把兩個兒子命名為解放和躍
進，當解放有辱他的軍衣時，他甚至想要大義滅親。為了響應
政策，他盡職扮演了一個批判地主——他的伯父伯母（即養父
母）——的角色，為了符合革命需要，他將比自己的命還要重
要的軍裝和紀念章，借給學校表演隊，不論遠近陰晴，必定親

自送上，從不耽誤。然而如同〈紅耳朵〉裡的王十千，七叔終究是含淚九泉。在一般人的心目中，一代代的偶像起來了，一代代的偶像又倒下了，淮海戰役紀念章和褪色的軍裝，收伏得了七叔，卻收伏不了現實，然而對於活在光榮記憶中的七叔，「忠黨愛國」成了他堅貞不渝的神聖信念，一個懷著神聖信念邁向死亡的人，可謂死得其所。

至於〈三十年前的長跑比賽〉中的朱老師朱總人，在〈我們的七叔〉中已經現身，他和七叔都是貌不驚人（甚至醜惡）卻行事奇特的角色。莫言在小說開頭，便指出「此文為紀念一個被埋沒的天才而作」，這個被埋沒的天才，沒有大起大落，即便光榮如贏了縣內的乒乓球冠軍，挫折如被打入右派，他總是平淡一如往常，而無論旁人怎麼說他，他依舊是「八風吹不動」。那場壓軸的長跑比賽，他的不疾不徐，擊敗了那些原本超越他，卻因警察出現場外而自亂陣腳的選手。當他跌破眾人眼鏡獲得冠軍後，才靜靜走向警察，承認自己私種大煙的罪行，雖然這純屬他的不打自招──警察要抓的對象是黃包車夫張家駒，但我們卻從中看出朱總人的真實。故事完結前的那條地道，留給聽眾一個好奇的問號，而朱總人的下落究竟如何？似乎也如同地道中迴盪的尾聲，供人遐思。由這個三十年前的故事，我們看到了小人物的酸甜苦辣，故事的敘述風格基本上不出莫言一貫的口吻：黑色幽默，而類似這樣的故事，凸顯出莫言短篇小說中，總是或多或少存在的讓人輕嘆的餘味。

莫言的故事，除了從長輩口中得來，或者將別人身上的故事內化為自己的故事外，更有親身經歷的一類，〈枯河〉（1985）

和〈透明的紅蘿蔔〉（1985）便屬此例[2]。這兩篇小說，取材於
莫言十二歲那年一個親身的經歷，當時莫言在一個橋樑工地當
小工，起先砸石頭，後來給鐵匠拉風箱（這些成了〈透明的紅
蘿蔔〉中黑孩的職務）。由於按耐不住飢餓，莫言在一次中午
休息時，偷拔了生產隊的一個蘿蔔，正好被一個貧下中農逮著
（或許這是莫言一向如此負面描寫貧下中農的原因之一），除
了先捱一頓揍之外，更被「押解」到毛澤東像前，當著兩百多
個人，俯首認罪。莫言回家後，遭受父親一頓毒打，而這個被
打的形象，正是〈枯河〉中的小虎（莫言，1998c：234，236）。
莫言在自身的經驗基礎上濃重了小虎的處境，讓故事更具戲劇
性。小虎被親人活活打死，他的死和書記女兒的死比較起來有
天壤之別，後者死後有支部書記「瞻仰儀容」，而且死後的她
似乎顯得更美，但小虎的死，卻如同他在樹上瞧見的那隻拖著
腸子行走的狗，死後才被人發現。誠如班雅明說的，死亡是說
故事的人能敘說任何事物的許可證，他從死亡那兒借來權力。
莫言這篇「聲討極左路線的檄文」（ibid：236），正是以小虎
的死，做為打擊極左政策領導下的變態環境的形式。

　　同樣透過小人物的死亡「權柄」，向眾人傳遞故事，發出
正義之聲的還有〈翱翔〉和〈金鯉〉。〈翱翔〉講述的是換親
的民間惡習，燕燕和楊花這兩個美女，都為了自己娶不到老婆
好傳宗接代的哥哥，成了換親習俗下的犧牲品。新婚正晌，燕
燕逃婚，逃跑時變成一個飛人，飛到了大樹上，大夥出來車輪
戰，好說歹說勸燕燕「認命」，一直到後半夜，燕燕仍然兀自
坐在樹上，不理旁人。最後燕燕在鐵山老爺爺（舊社會惡制度

---

[2]　有關〈透明的紅蘿蔔〉的分析，請見本文第三章第一節。

的象徵）唆使他人行兇下，被箭[3]射死，死後還被他用狗血淋了
一身（驅邪）。〈金鯉〉敘述一個爺爺講述給孫子聽的故事，
故事發生在「若干年前」（1996d：505），村裡的青草湖邊，
來了一個女作家，當時女作家寫了一本叫做《青草湖》的書，
成了眾所傳閱的著作。然而文革時，為了響應政策，女作家反
而成了挨鬥的對象，只有金芝對她的態度一如往昔。某次女作
家挨鬥後奄奄一息，金芝為了給她拿藥，隻身游過青草湖，卻
在回程時因體力不支溺斃湖中，女作家帶了《青草湖》到湖邊
憑弔，沒想到湖面竟然浮上一條馱著藥包的金鯉。聽完故事後，
孫子將原本網到的一條金鯉放回湖中。〈翱翔〉和〈金鯉〉中，
燕燕與金芝的死，都是對時代的控訴，在這裡我們看到人性的
殘酷，燕燕的正義之聲沒有下落，而金芝的正義之聲，在孫子
身上得到回響。

　　莫言有長足的鄉土經驗（至少在二十歲當兵以前如此），
因此他在描寫鄉土風情和民情時特別能流露出一種複雜的情感
與現實感，他栩栩如生地保留了往昔的鄉土經驗和族群記憶，
在小說（甚至是小說體和故事體的折衷）的形式上，自然賦予
了故事（體）的內容和主題，這尤其表現在他的短篇小說方面，
而「短篇小說」正符合了 'short story'（短篇故事）的意涵。
莫言這種故事體兼容土地循環的世界觀，為人世和人事做出了
深刻的忠告和仲裁，而故事的發展，橫生枝節的敘述方式更加
接近說故事者的講述習慣，但總體觀之，卻又終究落實在小說
體的直線時間函數上。

3　箭在這裡可以是陽具的象徵，而它構成了對女性（生理與文化意義上的）
　　的強行施暴（致死），男性執法者利用這傳統的攻擊武器，讓「箭」有了
　　雙重意涵。

　　在分析列斯科夫（Leskov）的小說時，班雅明得到一個結論，他認為說故事的人隸屬於導師（teachers）和聖人（sages）的隊伍，他把自己的和別人的生命經驗融合在一起，他能夠從自己的生命裡取材並且能夠訴說他整個生命。「說故事的人：他是能夠讓（他）生命的燈芯藉由他的故事的溫和的火焰而完全耗盡的人，這是有關說故事者無與倫比的光暈（aura）的基礎，……，說故事的人的形象是，在這裡正義的人遇見他自己」（108-9）。作家蘇童曾說過，楓楊樹村上的白雲，是村裡人的閒言碎語組成的。莫言鄉裡人的閒言碎語，是使真實事件扭曲變形、添油加醬後，形成另一個「真實」而進入「歷史」的。老百姓的百無聊賴、勾心鬥角，以及抬頭不見低頭見的街坊情感，構成一幅生動的人性百繪，而這就是「人」，就是「人生」，尤其是平凡的鄉下人，總是這麼晃晃悠悠地過，一眨眼，黃毛丫頭成了大閨女，愣頭青成了大漢子，再一眨眼，全都成了黃土地上的一把屑屑，塵埃落定。雖然比不上故事中的奇人具有先見之明，但這也是一種揉爛的先民智慧，一種人生經驗的延續。在故事的終點，我們看見莫言「懷著憂鬱的心情去管理記憶的尾聲」（Benjamin，99），他消耗自己的火焰，點亮了聽眾的生命。

第二節　莫言小說中的對話

一、對話理論

　　巴赫金（1895-1975）最引人注目的除了在分析拉伯雷的作品時導出的狂歡節論述之外，另一個同樣讓他於今蜚聲國際的則是他在研究陀斯妥耶夫斯基（F. M. Dostoievski）的小說後，首創的複調理論[4]。巴赫金有關陀斯妥耶夫斯基小說評論的浩瀚文章洋洋灑灑二十萬言，卻並沒有對「複調小說」下一個明確的「定義」（或許這正是對封閉的符號系統的拆解），因此我們只能從他的敘述中抽絲撥繭，以此為複調寫真。

　　複調此一術語來源於比喻，它是一種藝術方法。它相對於獨白，而兩者的差別在於後者是一個作者完整的系統，前者則是作者與主人公各自獨立。巴赫金認為，複調的實質在於「不同聲音在這裡仍然保持各自的獨立，作為獨立的聲音結合在一個統一體中，這正是比單音結構高出一層的統一體」（27）。巴赫金研究陀斯妥小說中的對話時特別強調主人公的內心活動，而這樣的活動有一個自在發聲的前提：

> 　　對作者來說，主人公不是「他」，也不是「我」，而是不折不扣的「你」，也就是他人另一個貨真價實的「我」（「自在之你」）。主人公是對話的對象，而這種對話是極其嚴肅的，真正的對話，不是花裡胡哨故意為之的對

---

[4]　本文有關複調小說的說明均參考河北教育出版社出版的《巴赫金全集》第五卷，除引用書中文句時隨文註明頁數外，餘不另加註。

話，也不是文學中假定性的對話。這種對話（整部小說構成的「大型對話」），並非發生在過去，而是在當前，也即在創作過程的現在時裡。這遠非是完成了的對話的速記稿，不是說作者已經從中超脫出來，不是說現在他高踞對話之上佔據著至高無上的和決定一切的立場：因為這樣一來，真正的未完成的對話就要變為習見於一切獨白型小說中的客體和完成了的形象（不是真正的對話，而是對話的形象）。陀斯妥耶夫斯基作品中的這種大型對話，在藝術上是作為一個非封閉性的整體構築起來的，這整體是處於邊沿上的生活本身。（83）

在作者與主人公的對話關係上，主人公的「自我意識」成了能夠與作者對話的先決條件：

自我意識作為塑造主人公形象的主導成份，要求創造這樣一種藝術氣質，要能使得主人公的語言自我揭示，自我闡明。這種氣氛中的任何一個成份，都不可能是無關痛癢的：這裡的一切都應能觸動主人公、刺激他、向他發問，甚至向他辯論，對他嘲笑；一切都要面向主人公本人，對他講話；一切都得讓人感到是講在場的人，而不是講缺席的人；一切應是「第二人稱」在說話，而不是「第三人稱」在說話。「第三人稱」的思想視角，是適於塑造穩定的主人公形象的場所。（85）

然而巴赫金所說的主人公的絕對自主，不免讓人產生了主人公的形象終究是作者創造出來的矛盾，巴赫金替這個矛盾提供了說明：

> 我們確認的主人公的自由，是在藝術構思範圍內的自
> 由。從這個意義上說，他的自由如同客體性主人公的不
> 自由一樣，也是被創造出來的。但是創造並非意味著杜
> 撰。創作既受本身規律性約束，也受它所利用的素材的
> 制約。任何創作總為自己的對象以及對象的結構所決
> 定，因此不能允許有任意性，實質上不是杜撰什麼，而
> 只是揭示事物本身的內容。（85-6）

由於受制於創作的對象和結構，複調小說的作者必須「遵從」小說
中，主人公思想的內在邏輯和獨立性。「複調小說的作者，必須有
很高的、極度緊張的對話積極性。一旦這種積極性減弱，主人公便
開始凝固和物化，於是小說中就會出現獨白性生活片段」（90）。

二、《紅樹林》與《酒國》中的對話

　　時代本身提供複調小說成長的土壤，在論述複調小說產生
的時代背景時，巴赫金說道：「確實，複調小說只有在資本主
義時代才能出現」（24），他甚至認為，複調小說最適宜的土
壤，恰恰就在俄國。因為這裡資本主義的興起幾乎成了一場災
難，它影響了俄國各階層社會，但它並不像歐美資本主義那樣
能夠減弱自己獨特的封閉性，而這其中的矛盾的本質，無法囊
括在某一自信而冷靜的審視者的獨白型意識之中。因此，「社
會生活的矛盾本質在這裡應該表現得特別突出：與此同時，相
互邂逅而失去思想平衡的多種世界，也應該特別充分特別鮮明
地表現出自己的獨特面貌。這樣便創造了客觀的前提，使複調
小說在極大程度上獲得了多元化和多聲部性質」（25）。

　　雖然體質不同但卻有著類似情形的中國大陸，在中共 1978
年十一屆三中全會後，採行的中國特色的社會主義道路，讓共
和國的經濟步向一個新的階段。鄧小平提出的一個中心（生產
力）和兩個基本點（對外開放與四個堅持）的指導方針，無疑
是這條道路的明確指標。而中國特色的社會主義，就是要打破
以往對計畫經濟的迷信，以及對市場經濟的禁忌，並且要以社
會主義做為市場經濟的手段，將市場經濟的成果與經驗利用過
來為社會主義服務。然而這個認為經濟發展必須快速、穩定和
協調並重，強調「發展才是硬道理」（潘兆民，111）的領導人，
他的中國特色社會主義的主張，卻受到邇來評論家，掛著共產
黨招牌，實行的卻是資本主義社會經濟發展路線的批評[5]，鄧小
平的「對內搞活、對外開放」政策，導致一切唯利是圖的心態
蔓延，而這種情況在 80 年代初，便已甚囂塵上，鄧本人也有這
樣的自覺[6]，這種心態更具足地表現在政府官員身上。

　　如同陳雲所說的：「對外開放，不可避免地會有資本主義
腐朽思想和作風的侵入，這對我們社會主義事業，是直接的危
害。而值得嚴重注意的是，目前許多黨委和黨員幹部對此沒有
警惕。例如，……蠢湧經商，……其中相當一部份，同一些違
法份子，不法外商互相勾結，鑽改革的空子，買空賣空，倒買
倒賣，行賄受賂，走私販私，弄虛作假，敲詐勒索，逃避關稅，
引誘婦女賣淫等等醜事都出現了，『一切向錢看』，資本主義

---

[5]　參考潘兆民所引資料，p121-2。

[6]　鄧小平在 1980 年談論有關中共現行政治體制的問題時，提出「官僚主義
　　的橫行」、「權力過分集中」、「家長制作風、「幹部領導職務終身制現
　　象」以及「特權氾濫」等五個三十年內累積形成的政治弊端（潘兆民，
　　157-8）。然而這些弊端卻並未隨著中國特色社會主義的實踐而減低，反而
　　更加變本加厲。

的腐朽思想，正嚴重地腐蝕我們的黨風和社會風氣」（潘兆民，
164）。不管鄧小平和陳雲是陳列事實或者提出解決的方案，我
們都為中國特色的社會主義「現實」憂心忡忡，雖然目前仍是
社會主義的初級階段，但二十年以來，這批廣大的實踐者似乎
走上了讓領導人擔慮的岔路，功利主義的風氣，宛若盛開的罌
粟，痲痹了爭逐者的意識和神經，而成了物化主體。中共「資
本主義」的特色，和蘇聯即使並非如出一轍，卻足以提供複調
小說滋生的土壤[7]，而莫言的小說也呈現了複調的特色。

　　莫言那部由於敘述觀點自在游移，而讓讀者讀得相當辛苦
的長篇《十三步》，並不能算是複調小說。小說中那個有著普
遍受難者代言人姿態的籠中人，是一個發聲位置，他說了很多
故事，而這些故事拼湊起來為的就是要揭開統治者虛偽的假面
（小說中頻頻出現的「美麗世界」的意象，彷彿意指「化妝」
這種行為就是一種狡／矯飾，它具有化腐朽為神奇的功力[8]）。
然而即便再混亂不清，籠中人在渾淆讀者視聽之際，還是可以
發現有一個更高的敘述主體——作者——正居高臨下地操控著
每一個發聲主體的心理、意識和自由。除了前文所舉的〈白楊
林裡的戰鬥〉（1998）外，莫言真正具有複調精神的小說，當

---

[7] 若由總體社會、文化的角度觀之，處於轉型期的中華人民共和國，正呈現
一個巴赫金所謂的眾聲喧譁（heteroglossia）的現象，有關該現象的概觀，
請見本文第一章第三節。

[8] 化妝師李玉蟬在《十三步》中有重要地位，她能夠讓為了搶救國家財物而
被大火燒死的女工變得「像夢一般美麗」（1993b：98）；也能夠將腦滿
腸肥的王副局長死後變得「年富力強、身體健壯」，以便製造出「王副局
長臨死前一秒鐘還在工作」（ibid：105）的假象；她更能夠讓方富貴和張
紅球兩個人變得在外觀上一模一樣，掩人耳目。「化妝」的功能同樣延伸
到言談的領域，爾虞我詐、彼此攻訐的情況在莫言的小說（不只《十三步》）
中，隨處可見。

屬《酒國》和《紅樹林》。

　　《紅樹林》中的「我」有幾條線索可以「驗明正身」：一、從文字敘述中的「我們」學校和「我們」同學，推測「我」是林嵐和馬叔等人的小學同班同學；二、一個全知全能的敘述者，「我」知道所有事件的來龍去脈，知道所有人物的心理變化；三、說故事的人，當「我」和林嵐對話時，林嵐成了「你」的第二人稱，而當「我」和讀者／聆聽者對話時，林嵐又成了「她」；四、幽靈，「我」的現身只有在單獨和林嵐相處時，而當「我」以「現場的旁觀者」出現時（這種情況有三次：一次在飯店的「獵鴨場」，一次在林嵐生日的聚會上，另一次則是在林嵐與呂超男[9]見面的包間），「我」是個眾人皆無法見到的透明形體；五、「我」是林嵐潛意識的另一個我，「如影隨形、性命相關」（1999：63）。然而以上五種推測並不能讓人滿足，尤其是最後一種，因為這個「我」是個男人，而林嵐卻是個女人，在莫言一貫的（寫作）信仰中──即莫言還是傳統的文化上的「男性」（書寫）[10]，這種「陰陽失調」的現象應該不會存在[11]。我們不

----

[9] 附帶一提的是，莫言在《紅樹林》中，有將女性主義者醜化之嫌，此由呂超男的命名和形象塑造等方面可其一斑。

[10] 有關莫言如斯傾向，我們尚可在他於 1999.3.16.與北京《中國圖書商報》的記者對談時所說的話，得到最新驗證：「我從來不去考慮男女性別差異這種麻煩透頂的問題。我是男人，我在寫作，寫作並不能改變我的性別，我也從來不去試圖用女性的態度看男人或是其它，因為這是不可能的」。從中我們不難看出這種「不可能」，是如何根深蒂固的陽物理體中心主義（phalluscentrism）。

[11] 筆者不以兩者是彼此的內我（林嵐是莫言的內我或莫言是林嵐的內我）論之的根本原因在於，林嵐和作者莫言並沒有朝對方的性別特質人格化，莫言對 anima（黑暗、曖昧、虛榮、無助等）以及林嵐對 animus（英雄、知識等）並未寄與希望投射。有關榮格的內我（amina 和 aminus）的概念參見榮格 1983：pp191～288 與 1997：pp459～460。

妨將「我」看作是受作者操控的另一個主角，在這個意義上，
「我」隱然就是作者的化身（我是一個封閉的獨白），而林嵐
是作者塑造的操控自我的主人公，她並沒有朝「我」期待的方
向走，也就是說，她是一個自在之身。主人公在進行自我發現、
質詢、辯論和反省之際，已經與作者進行對話，換句話說，兩
者是一種平行對待的關係，亦即彼此都具有完全的獨立性和內
在自由，而其中當然也涵蓋了不確定性和未完成性。

　　《紅樹林》的作者與主人公的對話關係，以一場飆車的戲
揭開序幕。小說一開始，在林嵐疾駛的轎車內，我[12]的低聲勸告，
換來的卻是「轎車猛拐彎，如同卡通片裡一匹莽撞的獸，誇張
地急煞在別墅大門前」（2）的回應，在這個駕駛的姿勢中，我
們已經隱約聽到姿勢背後隱藏的不理會，甚至抗拒我的建議的
聲音。如同班雅明所說，主人公的每一感受和念頭都有其內在
的對話性，具有論辯色彩，充滿對立鬥爭或準備接受他人影響，
總之不是只囿於自身、左顧右盼。林嵐無語時的姿態，其實已
經銘刻了微型對話的音響[13]，而這種聲音迴盪在找尋情欲出口的
瞬間。林嵐在午夜的飯店內，漫不經心的翻閱菜譜，誘使她漫
不經心的原因是，有一種讓她心事重重的聲音糾纏著她，聲音
的來源是一種糾結了愛恨，五味雜陳的情欲。面對心上人馬叔
公私分明又一絲不苟的辦事態度，兒子闖禍落到心上人手裡，
卻要藉昔日害她與心上人勞燕分飛的男人金大川之手拯救兒子
這個難題，林嵐進退維谷，過大的壓力讓她無所適從，飯店潛

---

[12]　以下提到「我」，不加引號。
[13]　複調要求一切作品中有多種充分價值的聲音，這些聲音是構成大型對話
　　（從結構上反應出來的主人公對話）或者微型對話（小說的語言、人物手
　　勢、表情）的元素。

藏的無邊春色，不禁讓她心猿意馬。

　　小說中作者與主人公最長的一段對話於焉展開。在這段對話的過程裡，林嵐心中已經響起躍躍欲試的聲音，她的「腦海裡突然地就浮現出她（按：鴨子的買主）把小鴨子攬進懷裡吃奶的情景，不是為了吃奶，而是為了性欲」（64）。她心中隨著浮想聯翩而產生的悸動，可以由她和我的幾句對話得到驗證：

> 我踢了踢妳的腳尖，對你眨眨眼，悄聲問：看到了吧？
> 就這樣。
> 妳若有所思地說：真可憐。
> 我問：什麼可憐？
> 妳神思恍惚地說：沒什麼，我沒對你說什麼。（ibid）

林嵐神思恍惚地回答，與接下來心不在焉地喝湯，她的「若有所思」，清楚地透露了所思為何。後來當林嵐上了鴨子放的長線（結果讓他釣到大白鯊，林嵐讓馬叔這個檢查院起訴科科長解決這個燙手山芋），在鴨子幫她看手相，乃至和鴨子入電梯、進房間，顛鸞倒鳳，她都不發一語，但她心裡想說的全都顯示在她的表情和動作上，她陷入了情欲的矛盾狀態，甚至我對她的耳提面命，也都成了過耳東風。

　　林嵐與心上人馬叔的談判，以及找馬叔解決鴨子的爛攤子，這其中的多次對話都是情愛的轉嫁形式，或者轉嫁給怨懟，或者轉嫁給良知，當然也曾還原給愛情。林嵐是個置身在情欲與愛情、道德與墮落、身體與權力的衝突中，苟延殘喘活著的人，她勇敢表現對馬叔的愛，卻敵不過情欲的渴求，情欲徒然變成宣洩壓力的管道，或者換取權力的工具，她這輩子始終沒

有享受過與馬叔的性愛，在道德與墮落間，她徬徨無依，她不斷和自己進行爭辯，也不斷和我爭辯，雖然體無完膚，卻終究是自己的選擇，連我都無法左右。

在小說第十章中，我對林嵐複述的四十五段事件，除了能讓讀者以「劇情摘要」[14]的方式，迅速了解整個故事的背景和梗概外，從林嵐聽完話後的反應，我們不難想像，在這一長串我對林嵐的說話過程中，她的心底應該響起了無數回應的聲音。正因為如此，她才會在阻斷了我的說話後，「從木然的狀態中清醒過來，記憶恢復，嚴酷的現實重新擺在了面前，想逃脫也逃脫不了，想迴避也迴避不了」。回顧這「一場惡夢」（203），林嵐只能獨自流淚。這一切都是林嵐這個自給自足的主體的選擇，她憑藉自己的能力（其中包括了以身體換取權力）在職場中愈加有聲有色，她的政治婚姻造成她情／欲的無家可歸，導致她必須不斷自我反思欲望和權力的關係。小說進行到第十四章以後，我便與林嵐失去了對話的機會，然而這並未造成一個封閉的獨白系統，因為取而代之的是林嵐自己和自己的對話，一場場觀念上的辯證。但是這個時候的林嵐，即便再百感交集，也逐漸變得無法說服自己，因為權力已經成了治療她心靈創傷的靈／毒藥。

巴赫金認為，「主人公自我意識的種種內容要真正地客體化，而作品中主人公與作者之間要確有一定距離」（67）。《紅樹林》是一篇以插敘進行的小說，故事的尾聲，作者莫言將決

---

[14] 陳晉南認為，這是「小說家對於電視劇最為激烈的諷刺，同時也可以被理解為一種抗議」，但實際上莫言這種「興之所至」的寫法，在《豐乳肥臀》的七補中便可見到，而其他如同前文提過的類似說書人說書的寫法，亦屬此例，因此莫言這裡的用意，應該不是諷刺或抗議。

定權交給了主人公林嵐，林嵐不是客體，而是一個能夠自給自足，能夠講述自己和自己世界的主體。林嵐為自己做了最後一次決定，結局如何，任憑讀者連接文末的刪節號。我們從小說中發現林嵐的自我意識，看見她是具有充分價值言論的意義載體，儘管我對她無法認同，儘管她在如斯的小說氛圍中，落得狼狼不堪。

　　巴赫金指出，作者在與主人公平等對待的關係中，也發現自我，而這個創造與發現的過程，便是作者自覺意識的實現過程，實現的因素便在於作者與主人公兩個主體的對話。《酒國》中的李一斗和莫言的對話可稱得上是最好的例子。從該小說莫言與李一斗往來的信件，以及小說的第十章推論，我們可以確認李一斗口中的「莫言老師」，正是小說的作者莫言：

> （李一斗寫給莫言的第一封信）
>
> 最近，我看了根據莫言老師原著改編，並由您參加了編劇的電影《紅高粱》，……（1992：28）
>
> （莫言寫給李一斗的第二封信）
>
> 他（按：莫言父親的表叔）的介紹，為我創作《紅高粱》提供了許多寶貴素材，……，我的中篇小說《紅高粱》就或多或少地表現了我的思考成果。（ibid：67）
>
> （莫言寫給李一斗的第四封信）
>
> 我的長篇《酒國》（暫名）已寫了幾章……（ibid：166）
>
> （李一斗寫給莫言的第六封信）
>
> 我跟他（按：余一尺）說起了您，他的眼睛一下就亮了。他問我：是寫《紅高粱》那位嗎？我說是的，就是他，我的老師。（ibid：209）

（第十章）

躺在舒適的──比較硬座而言──硬臥中鋪上，體態臃
腫，頭髮稀疏，雙眼細小，嘴巴傾斜的中年作家莫言卻
沒有一點點睡意。……。我知道我與這個莫言有著很多
同一性，也有著很多矛盾。我像一隻寄居蟹，而莫言是
我寄居的外殼。（ibid：385）

迄今除了周英雄曾經為文探討《酒國》的虛實外[15]，尚未有
人將李一斗視為小說的主人公，筆者卻以為不應忽略這個左右
作者進行小說創作的靈魂人物。這場作者現身小說與主人公的
對話，稱得上是莫言的史無前例[16]。李莫二人在書信往返中，討
論的不外乎是小說和評論乃至出版、「腐化透頂、人性滅絕」
（112）的官場文化、以及對酒食的見識等議題。在官場文化中，
我們看到了吃人的社會和讓人眼花撩亂的酒食，這些都是民脂民
膏，而論者也都集中在該方面的討論。筆者想深入的是評論家未
曾觸碰的領域，亦即莫李二人對小說和評論以及出版的討論。

在兩人的對話中，他們各自說了自己對小說和評論的看
法，莫言尚且為他的幾篇小說做出回應；李一斗則是藉著莫言
對自己小說的批評進行批評，一種後設的後設。天馬行空成了
他們兩人筆下小說世界的共同特色，李一斗甚且猶有過之，莫
言在寫給李一斗的第五封信中，要李一斗能識時務，他寫道：
「現在是一個嚴守規範的時代，寫小說也是如此」（214），莫

---

[15] 該篇論文題名〈酒國的虛實──試看莫言敘述的策略〉，見莫言《酒國》
所附。然而周英雄並未將李一斗當成主人公來處理，只是藉由他與莫言的
書信往返，揭開小說中的虛實部份。
[16] 《天堂蒜薹之歌》末章中，張扣曾經和「本書作者」對話，但因為該小說
為一作者的獨白型小說，故不列入對話範疇。

言這種反諷式的規勸，蓋出於自己的「經驗談」（評論家對莫言的態度）。統觀這往來的十八封信（扣除最後莫言告知李一斗出發行程的一封），我們不難發現，李一斗儼然就是另一個小說家莫言，而莫言則是評論者，莫言對李一斗採用的批評術語（主義、手法等等），多半是出於論者先前批評莫言的辭彙，而儘管李一斗寫得再好，莫言怎麼樣都不滿意，總要雞蛋裡挑骨頭，以顯出評論的高明。這是對大陸評論界的諧仿（parody），是對評論家的挪揄和諷刺，莫言甚至要評論家「如其老生常談一番，不如乾脆閉嘴」（300），他玩笑地告訴李一斗，要他對這些「矛盾百出」的評論，抱持「看罷即去休，別太認真」（166）的態度，所幸李一斗本就不在意——儘管他也想聽。

　　巴赫金認為，「作者議論與純屬於主人公而不含雜質的有充分價值的議論，是相互對峙的」（74）。李一斗和莫言有許多聲氣相通之處，而他對莫言更是「佩服得五體投地」（27），但毫無疑問，他是一個獨立的自我。當莫言要這個「有志青年」放棄文學時，竟然遭到他「如果您膽敢再勸我，我就要恨您」（63）的「恐嚇」，然而他卻又幫助莫言澆其胸中塊壘。主人公李一斗的自我意識解構了作品的獨白整體，亦即他獲得獨立和自由，此時「一切能使主人公按照作者構思成為特定形象的東西，可以說是把主人公蓋棺論定的東西，一切能一勞永逸地使主人公成為完成了的現實形象的東西，——這一切現在已經不是作為完成這一形象的形式在起作用，而是作為他的自我意識的材料得到利用」（67）。他在寫給莫言的第五封信中，對莫言評論自己文章的反撥，表示他也不是那麼信奉莫言，唯莫言馬首是瞻，因為他有自主意識。因此無論信中對莫言的讚美是出於真心或者假意（如同莫言說的「馬屁精」[414]），都不

影響他是自由主體的事實。我們從中看見他對自己和周圍現實
的一種思想與評價的立場，也看見了世界以及自己在他的心中
是什麼。而這篇小說除了主人公是個在場的、能與作者對話的
能動主體外，同時也是作者自覺意識的形成過程，莫言靠著李
一斗的小說，完成了自己的《酒國》，並在酒國市這樣污濁的
環境中，自覺地沈淪[17]。

　　在作者與主人公的聲音相互重疊、衝擊甚至質詢的對話形
式中，構成了敘述話語的「複調」，但是巴赫金為複調小說賦
予了深刻的歷史與文化內涵，亦即在歷史文化的危機、門檻或
轉捩點上，複調小說肩負起的重責大任，而這也是巴赫金從複
調衍生到眾聲喧譁（heteroglossia）的起點。《酒國》或許巧合
地動筆於 89 年天安門事件後的三個月（完成於 92 年 2 月），
天安門事件爆發的基本原因便和當時的經濟過熱與貪官汙吏有
關[18]，在 90 年代的中國大陸，尤其《紅樹林》中的世紀末，中
國文化的斷裂面已經隨著時間的拉長而加深加大，社會主義扭
曲變形，成了假社會主義之名，行資本主義之實的空殼，在慾
望之海中，夾雜在文化板塊衝擊下的一代人，稍不留心就成了
墮落的帶原者。莫言在兩部小說中沒有振筆疾呼（如同較早發
表的《天堂蒜薹之歌》中的青年軍官），泣血似地徒然批判時
代與社會家國的墮落和腐敗，而是藉由對話的形式，一方面進
行自我檢視，一方面對環境發出不平之鳴。眾聲喧譁產生在文
化衝突最劇烈──甚至斷裂或者具有深刻危機之際，大陸改革

---

[17] 小說最後的結局是莫言在酒國醉得不省人事（下場和丁鉤兒雷同，他們都
陷溺在酒國這個吃人的世界，差別在於丁醉死糞坑）。

[18] 有關天安門及 90 年代以降的經濟、社會現象請見本文第一章第三節及第
四章第四節。

開放以後，各個層面的眾聲喧譁現象成了主流意識形態獨掌大權之外的多音交響，進入世紀末，更演變成無法抵禦的浪潮，而這似乎不是一個政治指揮家所能控制的旋律。

第三節　莫言小說中的多重文本

一、互文理論

　　故事完成了史詩與小說的過渡，而在以往總是將小說視作
一個固置的封閉系統的說法，在巴赫金的對話理論中得到自
由，克莉絲蒂娃（J. Kristeva，1941- ）更在巴赫金對話理論的基
礎上，提出了互文（intertextuality）的概念。互文重在符號的相
互指涉過程，這和巴特（R. Barthes）在討論文本的意義生產時，
所持的理念有相近之處。巴特認為，「文本只有在一個生產的
行動中才被經驗到。……，文本不能停止」（157），他亦認為
文本是由各種引文、信息、回聲和文化語言交織而成的一個巨大
的立體音響（160）。克莉絲蒂娃則認為，「所有文本都是由無
數引文鑲嵌拼貼而成；任何一個文本都是另一個文本的吸納和
變形」（1980：66），而「小說被視為文本，是一個在其中能
夠被閱讀到的各種發聲的綜合模式的符號學實踐」（ibid：37）。

　　至於互文，克莉絲蒂娃指出，「文字不是一個定點，或一
個固定的意義，而是幾個文化層面的文本的交集與對話，此交
集便是互文」（ibid ：65）。克莉絲蒂娃的互文概念既然得自
於巴赫金的眾聲喧譁理論，那麼就不難想像互文必須以建構自
身對話的可能性，以對傳統史詩、歷史與科學的單一邏輯論述
進行越界的行動，亦即藉由解構的策略，讓異質性文本的閱讀
和寫作得以完成。閱讀作品時，從互文的角度切入，將有別於
單調地在孤立的文本中爬行，而由於各種不同文本的互涉，文
本的意念便在互涉的過程中被發現，從作品的意念中，我們能

夠發現有大量的文學作品都向當時的主流意識形態提出了挑
戰，莫言的小說自然也不例外。

二、莫言小說的互文現象

　　任何文本的肌理（textuality）都吸納了多重的引文（quotation），
而任何引文都沿自另一個文本或者另一套意識形態、文化脈
絡、時空和符號系統，易言之，一個文本會呈現「文本中的文
本」的對話關係。在《食草家族》中，我們可以看出在小說中
存在兩組相對應的異質性文本，一組是超我（superego）和本我
（id）的對應，另一組則是文明與原始的對位。生長在高密東
北鄉的食草家族是原始的一維，而在整部小說中顯得浮光掠影
的城市影像，則是文明的一維。代表文明的不吃青草的教授們，
「居高臨下地觀察著青草和沼澤的人」（1993c：35），然而食
草家族對他們也抱持「一種類似高傲的冷漠態度」（ibid）。藉
由兩個不同文化層面之間的微型對話，便產生一種對話的張力。
而對於性的衝突，在本我與超我間夾纏的情慾和道德，乃至於人
性的本質究竟為何，都是在一個文本中，隨時呈現的「文本中的
文本」相互對話，它們分屬於不同心理層面，甚至不同時代。

　　〈貓事薈萃〉（1987）中，那些看似蕪蔓的各類文本（諸
如：魯迅小說、中國古典與當代小說、口傳故事和朝日新聞稿
中有關的貓事），正是莫言利用互文的作用，借貓還魂──（有
別於官方正史的）「歷史」的魂的策略（若再與〈養貓專業戶〉
[1987]合觀更佳）。這些多重引文，源自不同文化脈絡，既可讓
小說有薈萃貓事的效果，在互文的效應後，更可以發現莫言思
古懷鄉、「外國月亮不如中國圓」（1996d：127）的創作意念
（ideologeme）。至於〈爆炸〉（1985）中，收音機播放的傳統

戲文內容，莊稼人的價值觀念，以及影響軍官意念的鄉野傳奇
故事，和迫使軍官做出拿掉妻子腹中胎兒決定的統治者的意識
形態，都是「幾個文化層面的文本的交集與對話」，而《十三
步》中傳媒的報導內容、猛獸管理員說的故事，以及川劇戲文，
亦屬此例。莫言在前文所述的〈長安大道的騎驢美人〉，與〈一
匹倒掛在杏樹上的狼〉等可以看出城鄉差距的文本，甚至在《紅
樹林》中出現的南江市與紅樹林，都是在一個文本中，隨時發
生的不同文本（文本中的文本）、不同時代（或者同一年代，
但在心理上卻隸屬不同時代）與不同意識形態的對話。

在莫言的作品當中，《天堂蒜苔之歌》和《酒國》是筆者
認為最具互文性的代表。《天堂蒜苔之歌》中的張扣歌謠、小
說敘述和報紙內文，分屬不同文化語言，藉由它們的彼此交織，
也即是巴特所說的在各種書寫與意識形態的交會處，意義便在
這個閱讀的過程中產生。《天堂蒜苔之歌》有兩個版本，兩個
版本內容並無太大的差異[19]，小說中每章正文前所鑲嵌的引文，
張扣的歌謠，大致是以順敘的方式排列（第十五和十七兩章除
外），而正文部份則大抵是插敘的模式。從張扣的歌謠內容，
我門能夠對天堂縣有一個時空背景的粗略認識，更重要的是他
交代了蒜薹事件的始末。

（一）《天堂蒜苔之歌》的互文性

表一是張扣歌謠與小說敘事的互文關係圖表，其中（甲）
代表張扣歌謠 1987 年版，（乙）代表張扣歌謠 1993 年版，（丙）
代表小說 1987 年版 ，（丁）則代表小說 1993 年版。

---

[19] 有關兩個版本的《天堂蒜苔之歌》的差異，請見本章第四節。

（表一）

章節	（甲）	（乙）	（丙）	（丁）
第一章	尊一聲眾鄉親細聽端詳 小張扣表一表人間天堂 大漢朝劉皇帝開國立縣 勒令俺一縣人種蒜貢皇 ——天堂縣瞎子張 　　扣演唱的歌謠	尊一聲眾鄉親細聽端詳 張扣俺表一表人間天堂 肥沃的良田二十萬畝 清清的河水嘩嘩流淌 養育過美女俊男千千萬 白汁兒蒜薹天下名揚 ——天堂縣瞎子張 　　扣演唱的歌謠	警察抓／追拿因蒜薹滯銷事件，與蒜農聯合砸壞縣政府的蒜農高羊和高馬。高羊被捕時，隱約聽到張扣的歌謠： 說話間到了民國十年， 天堂現出了熱血兒男， 憑空裡打起紅旗一杆， 領著咱窮爺們抗糧抗捐。 縣太爺領兵丁圍了高瞳， 抓住了高大義要把頭斬， 高大義挺胸膛雙眼如電， 共產黨像韭菜割殺不完。	
第二章	天堂縣的蒜薹又脆又長 炒豬肝爆羊肉不用蔥薑 栽大蒜賣蒜薹發家致富 裁新衣蓋新房娶了新娘 ——瞎子張扣一九八六年某夜演唱歌詞斷章		高馬和金菊兩相情願結為連理，但金菊已經私下被父母許配給劉勝利，成了轉親換親的犧牲品。高馬為此被金菊家人打成重傷。	
第三章	鄉親們種蒜薹發家致富 惹腦了一大群紅眼虎狼 收稅的派捐的成群結隊 欺壓得眾百姓哭爹叫娘 ——一九八七年五月，瞎子張扣行走 　　在縣城青石大街上演唱歌謠片段		高羊、方四嬸、馬臉青年被鎖在派出所外的樹上，警察們在辦公室裡面大吃大喝；馬臉司機被路過的裝滿傢具的汽車剮斷了頭。	
第四章	黑土裡栽蒜沙土裡埋薑 楊柳枝編簍蠟條兒編筐 綠蒜薹白蒜薹炒魚炒肉 黑蒜薹爛蒜薹漚糞不壯 ——蒜薹滯銷時張扣對縣府辦公人員演唱片段		金菊抗婚，遭家人痛斥和監禁。金菊家人找來轉親換親的家人商議對策，金菊最終還是和高馬私奔。	

第五章	八月的葵花向著太陽 孩子哭了送給親娘 老百姓依賴著共產黨 賣不了蒜薹去找縣長 ——蒜薹滯銷時瞎子張扣演唱歌詞片段	警察胡亂處理了馬臉青年的屍體，四嬸和高羊被送上囚車。在囚車上高羊回憶和妻子種植蒜薹的情景，妻子對高羊談到物價飛漲和繳稅之事。工商所老蘇家花了五萬六蓋了五間房，妻子拔壞一根蒜薹，遭到高羊的訓斥。
第六章	滅族的知府滅門的知縣 大人物嘴裡無有戲言 你讓俺種蒜俺就種蒜 不買俺蒜薹卻為哪般 ——蒜薹滯銷後張扣在仲縣長家門前演唱歌謠片段	金菊和高馬私奔。
第七章	十五的月亮十六圓 月過十六缺半邊 賣了蒜薹家家歡喜 賣不了蒜薹心如湯煎 ——張扣對賣蒜薹群眾演唱片段	高羊送抓進看守所監獄。高羊憶起小學時，出身貧農的同學王泰陷害並嫁禍自己（喝尿）的情景。
第八章	翻臉的猴子變臉的狗 忘恩負義古來有 小王泰你剛扔掉鐮刀鋤頭 就學那螃蟹霸道橫走 ——蒜薹滯銷後張扣在街上演唱歌謠，痛罵新任縣供銷社副主任王泰，節錄四句	金菊和高馬被金菊的大哥、二哥追回，合夥人楊助理員也參與其中。高馬遭毒打，大哥拿了高馬身上所有的錢，金菊懷了身孕。
第九章	舊社會官官相護百姓遭殃 新社會理應該正義伸張 誰料想王鄉長人比法大 張司機害人蟲逃脫了法網 ——方四叔賣蒜薹路上慘遭車禍，瞎子張扣在公安局前為四叔鳴冤叫屈演唱片段	四嬸在看守所監獄裡吃虱子，回憶起家中的情景。除了金菊外，兩個兒子為了錢財居心叵測。

第十章	仲縣長你手按心窩仔細想 你到底入的是什麼黨 你要是國民黨就高枕安睡 你要是共產黨就鳴鼓出堂 ——蒜薹滯銷後，數千百姓到縣政府請願， 　縣長閉門安睡，不出理事，瞎子張扣在 　縣府高台階上，蒼涼演唱之片段	家人動用私刑鞭笞金菊，要她斷絕和高馬來往。金菊自縊，一屍兩命。
第十一章	天堂縣曾出過英雄好漢 現如今都成了松包軟蛋 一個個只知道愁眉苦臉 守著些爛蒜薹長吁短嘆 ——張扣鼓動蒜農衝進 　縣府演唱歌詞斷章	高馬逃難途中繞回家，見金菊吊死門框正中。
第十二章	鄉親們壯壯膽子挺起胸膛 手挽著手兒前闖公堂 仲縣長並不是天上星宿 老百姓也不是豬狗牛羊 ——瞎子張扣鼓動群眾衝闖縣府時 　演唱片段，這已是蒜薹滯銷後七 　日，街上蒜薹腐爛，霉氣沖天	高羊私埋母親遺體，被治保主任發現後，除了被毒打外，還必須起出母親的遺體（後因洪水暴漲、無法渡河而作罷，但要罰款二百元）。治保主任告訴高羊，「這就是階級鬥爭」，高羊被強迫喝下自己的尿。高羊在看守所生病。
第十三章	仲縣長急忙忙加高院牆 牆頭上插玻璃又拉鐵網 院牆高擋不住群眾呼聲 鐵絲網也難攔民怨萬丈 ——部份群眾衝進縣稅務局和計量所，毆打了 　幾個積怨甚多的官員。縣長仲為民調房管 　局維修隊加高自家院牆，牆頭上插了防攀 　爬的玻璃碎片，又拉了半米高的鐵絲網。 　瞎子張扣在縣府前大街上高聲演唱斷章	高馬安葬金菊後，被捕。

第十四章	捨出一身剮 把什麼書記縣長拉下馬 聚眾鬧事犯國法 他們閉門不出理政事縱容手下人 盤剝農民犯法不犯法 ——張扣在公安局收審鬧事群眾後演唱片段	高羊和四叔將蒜薹運往收購處。尚未賣蒜薹，就先被監理站、工商交易所、環境保護站和衛生檢查站收取費用。結果蒜薹未被收購，回程時，發生車禍。
第十五章	彈起三弦俺喜洋洋 歌唱英明黨中央 三中全會好路線 父老兄弟們，種蒜發財把身翻 ——1987 年正月，張扣在青羊集王明牛三兒結 　　婚宴席上演唱喜慶曲兒。是夜賓客狂歡， 　　張扣爛醉如泥，在王家昏睡三日方醒。	四嬸在看守所憶起四叔被撞死的情景。酒醉駕車又無照駕駛的司機在他的表妹夫王書記的護航，和楊助理員的關說，以及方家兩兄弟圖財的心理下，逃過一劫。 四叔死後，兩兄弟在村主任的主持下分了家。
第十六章	你要抓你就抓 俺聽人念過《刑法》 瞎眼人有罪不重罰 進了監牢俺也不會閉住嘴巴 ——「你不閉住嘴巴，俺給你封住嘴巴！」一位 　　白衣警察怒氣沖沖地說著。把手中二尺長的 　　電警棍舉起來。電警棍頭上「喇喇」地噴著 　　綠色的火花。「俺用電封住你的嘴巴！」警 　　察把電警棍戳到張扣嘴上。這是 1987 年 5 　　月 29 日，發生在縣府拐角小胡同裡的事情。	5月 28 日群眾聚集縣政府前廣場抗議。高羊被審判。
第十七章	鄉親們別怕流汗別怕懶 打井挑水抗旱天 蒜薹著水一夜長一寸 寸寸黃金寸寸錢 ——四月大旱，瞎子張扣 　　鼓舞群眾演唱片段	高馬和王老漢閒談，王老漢說故事給高馬聽，故事暗喻君無戲言的道理。高馬被審判，警察強行要高馬伏首認罪，高馬駁斥警察是「打著共產黨旗號糟蹋共產黨聲譽的貪官汙吏」。

第十八章	說俺是反革命您血口噴人 俺張扣素來是守法公民 共產黨連日本鬼子都不怕 難道還怕老百姓開口說話 ——張扣被收審後對審訊者演唱歌詞斷章	高羊在監獄面會妻子兒女，回憶妻子生產情景。妻子告知金菊死訊。	
第十九章	縣長你手大捂不住天 書記你權重重不過山 天堂縣醜事遮不住 人民群眾都有眼 ——張扣唱到這裡，一位虎背熊腰的警察忍無可忍地跳起來，罵道：「瞎種，你是『天堂蒜薹案』的頭號罪犯。老子不信制服不了你！」他一腳踢中了張扣的嘴巴。張扣的歌聲戛然而止。一股血水噴出來，幾顆雪白的牙齒落在了審訊室的地板上。張扣摸索著坐起來，警察又是一腳，將他放平在地。他的嘴裡依然嗚嚕著，那是一些雖然模糊不清但令警察們膽顫心驚的話。警察抬腳還要踢時，被一位政府官員止住了。一個戴眼鏡的警察蹲在張扣身邊，用透明膠紙牢牢地封住了他的嘴巴。	審判大會。青年軍官慷慨陳詞，認為這次蒜薹事件真正怠忽職守的官員，「是社會主義肌肉上的封建寄生蟲」；被告人也群起呼喊「共產黨變了！現在的共產黨跟過去的共產黨不一樣啦！」審判大會在青年軍官的口若懸河下，以暫時休停結束。	
第二十章	唱的是八七年五月間 天堂縣發了大案件 十路警察齊出動 抓了群眾一百零三 要問這案緣和由 先讓俺抽您一支高級煙 抽了香煙俺也不開口 送一張《群眾日報》您自己看 ——瞎子張扣對本書作者演唱片段	唱的是八七年五月間 天堂縣發了大案件 十路警察齊出動 逮捕了群眾九十三 死的死、判的判 老百姓何日見青天 ——張扣在縣政府西側斜街上演唱	對蒜薹事件的報導、述評和社論。宣佈中共蒼天市委做出的行政決定：「撤銷仲為民天堂縣委副書記職務，縣委書記紀南城停止檢查」。但張扣以「總是準確的」「小道消息」否定了報紙的說法。	張扣因為在斜街上演唱搏得百姓喝采，而被政府官員暗殺；四嬸保外就醫後，上吊自盡；高馬越獄時被槍殺；高羊仍在勞改隊。

　　從表一可以明顯地看出每一章張扣歌謠的內容，和正文的內容
不盡相同，亦即歌謠不是簡單地為正文做前導。張扣的歌謠代
表民間的話語系統，在歌謠和正文的對位下，可以看到一幕幕
反差強烈的畫面，第一章的歌謠歌頌了天堂縣的人傑地靈，正
文卻是緊張的抓拿通緝犯的景象，一向唯唯諾諾，息事寧人的
高羊在被捕時，想起的那段張扣曾經唱過的歌謠：「共產黨像
韭菜割殺不完」，便已經有了第十章以仲縣長的「高枕安睡」
和國民黨劃上等號，以及第十九章受審群眾呼喊「共產黨變了」
的伏筆。第二章歌謠讚揚蒜農因種植蒜薹致富，正文描寫的卻
是傳統民間轉親換親的惡習，歌謠唱道「裁新衣蓋新房娶了新
娘」，實際上面臨的卻不是這麼一回事，蒜農並沒有真正的「發
家致富」，但這根本的原因還是在於第三章歌詞所說的「惹腦
了一大群紅眼虎狼」。由於政府的苛徵雜稅，導致農民賺取的
血汗錢永遠趕不上稅率增加的速度，和物價指數的上揚幅度，
這種情形在第五章和第十四章的正文中都可以見到，羔羊的妻
子只因為拔壞一根蒜薹就被丈夫言語訓斥，這擺明的因為窮困
而有的計較，和第三章正文中警察的大吃大喝形成明顯的對
比。第三章中幾個被抓的農民，都是在「欺壓得眾百姓哭爹叫
娘」的處境之下而有的抗爭行動，他們成了抗爭活動下的犧牲
者。為何抗爭？因為政府辦事不顧民意，蒜薹滯銷對於政府官
員而言，是無關痛癢的事。

　　此外，第五、六章的歌謠和第十四章的正文、第八章的歌
謠和第七章的正文、第九章的歌謠和第十五章的正文、第十一
至十三章歌謠和第十六章正文，以上幾組歌謠和正文的內容有
相呼應的關係。然而，莫言在《天堂蒜薹之歌》中並非使用固
定的歌謠和正文相對應的方法，而是利用不和諧的對位效果，

造成閱讀時的心理落差，而這種蒙太奇的方式，將歌謠和正文在每一章以無甚明確的關係，或者穿插的方式相互結合，產生了因多調性而並置的數條敘述線的方式（歌謠是一條，正文中的插敘有現在和過去兩條，最終又結合為一條）。透過說唱這種傳統的民間藝術，亦即最能表達民眾心聲的方式，張扣的歌謠完成與仲縣長（從未現身，但權力無所不在）代表的主流意識形態的對話，而在這兩個相異文本的對話中，產生了偌大的張力，「瞎子」張扣其實看得比正常人還要清楚。我們在《天堂蒜薹之歌》的互文關係中，看到莫言對整個中共領導幹部能力和操守的懷疑，同時也發現他對無知百姓的憐憫與譴責。

（二）《酒國》的互文性

莫言在《酒國》的「酒後絮語」中言道：「當然，《酒國》首先是一部長篇小說，最耗盡我心力的並不是揭露和批判，而是為這小說尋找結構。」（1992：425）這部小說的敘述線，可以分成（a）莫言所作小說、（b）李一斗給莫言的信、（c）莫言給李一斗的信和（d）李一斗所作小說四個部份。分析這部小說，可以從莫言安排（a）（b）（c）（d）的原則、（a）（d）之間的相互關係，以及配合（a）（d）所安排的（b）（c）的層次三個方向著手。《酒國》的敘事線如表二所示：

（表二）

	(a)	(b)	(c)	(d)
第	高級檢查院特別偵察員丁鉤兒赴羅山煤礦為紅燒嬰兒事件進行調查，途中和女司機相遇。			
一		自我介紹，並吹捧莫言的小說，隨信附帶小說〈酒精〉。		
			寒暄，相互恭維，信中提到酒國市。	
章				〈酒精〉金剛鑽（釀造大學客座教授、酒國市副部長）在課堂上講授「酒與社會」。
第	羅山煤礦礦長和黨委書記以及金剛鑽副部長輪流向丁鉤兒敬酒，丁鉤兒漸漸步入陷阱。			
二		和莫言討論文學及其現象，申明自己效忠文學之志，隨信附帶小說〈肉孩〉，並贈酒國佳釀「綠蟻重疊」。		
章			再談文學，並評論李一斗的小說〈肉孩〉。	

			〈肉孩〉 金元寶鬶子，途中相遇紅衣小妖精（身長不足三尺）。
第	礦長、黨委書記和金剛鑽送上烹調好的男孩，丁鉤兒在半醉半清醒的狀態下開槍打爛宴席，被送至410房間休息。休息時，證件等物品被魚鱗男孩燒毀。			
		談酒，其中論及莫言的小說〈高粱酒〉。隨信附帶小說〈神童〉。		
三				〈神童〉 延續〈肉孩〉中的情節，描述小妖精在被賣進烹飪學院的男孩群裡稱王，並搧動男孩們暴亂的經過。最後只有小妖精逃出學院。
章		略評〈神童〉，談電影《紅高粱》中「十八里紅」的爭議。		
第	丁鉤兒告別礦長、黨委書記和金剛鑽，離開羅山煤礦區時再遇女司機。途中看到割騾蹄、吃蟋蟀和生產雞頭米等事。			

四		因小說仍未獲刊而心情沮喪，隨信又附帶〈驢街〉。		
			安慰李一斗，對〈驢街〉發表意見。信中對時下文藝批評（家）多所諷刺。	
章				〈驢街〉 描繪驢街上遠近馳名的「一尺酒店」，及其掌櫃余一尺的面貌和行徑。紅衣小妖精再度出現在小說中，小說最後以驢宴做結。
		對莫言對〈驢街〉的意見進行反駁，言談中亦對目今文學批評多所攻訐。信中聲稱小說中所言一切確屬事實，信末並邀請莫言參加「酒國猿酒節」。		
第	丁鉤兒中了金剛鑽夫妻的「仙人跳」（女司機原來是金剛鑽的老婆）。			
		信中提到和余一尺商議要莫言為余一尺做傳之事，隨信附帶小說〈一尺英豪〉。		

五			原則上同意為余一尺做傳（因為莫言感到在余一尺身上，「體現了一種時代的精神」），並對〈一尺英豪〉提出意見。	
章				〈一尺英豪〉敘述余一尺的傳奇經歷，並「引經據典」證明發生在酒國的吃男嬰、飲猿酒等事皆信而有徵。
第	丁鉤兒和女司機吵架後，女司機帶他去一尺酒店（女司機是余一尺的第九號情婦）。			
六		話題還是集中在余一尺身上，隨信附帶小說〈烹飪課〉。		
章				〈烹飪課〉敘述李一斗岳父岳母家的生活情況，並對李一斗岳母上烹飪課時教導烹煮嬰孩的情況做具體描繪。

第	丁鈎兒逃出一尺酒店，跌跌撞撞遇到巡邏的警察、賣餛飩的老漢，最後在一個老革命那兒得到「啟發」，回一尺酒店殺了女司機和一尺侏儒。			
七		對李一斗傾吐寫作正處於痛苦階段。		
			對自己的小說始終無法發表感到沮喪，但隨信還是附帶了新作〈採燕〉。	
章				〈採燕〉 描述李一斗岳母幾個兄弟年輕時採燕窩的經過，並指出燕窩的神奇療效和九十年代中國人的趨之若鶩。
第			談讀〈採燕〉後的浮想和批評，並告知領導同意莫言前往酒國。	
八 章		回應莫言上一封信的內容，並隨信附上新作〈猿酒〉。		

			〈猿酒〉 漫談古今中外各類酒的來歷，說明「猿酒」的根源，暗示李一斗和岳母的情慾關係。
丁鉤兒殺了女司機和一尺侏儒後，展開逃竄。			
第 九 章	要求莫言為勾兒的新酒命名，並隨信附上小說〈酒城〉。		
			〈酒城〉 敘述酒城（就是當今酒國市）的歷史和與酒有關的風土人情。
		告知出版社欲和李一斗商議將〈酒城〉擴充出版的計劃，莫言告知李一斗自己同意為新酒命名，並將在寫完《酒國》後，動身前往酒國。	
	丁鉤兒醉死茅坑。		
第 十 章		告知李一斗前往酒國的時間。	
	莫言、李一斗、余一尺相遇於酒國。 莫言、李一斗在驢街看屠戶殺驢。 莫言、李一斗、余一尺、金剛鑽以及酒國市委胡書記等重要幹部在一尺酒店午宴，結果莫言當場醉倒。 莫言的酒醉囈語和幻境。		

　　莫言並非流水式地排列（a）（b）（c）（d）的登場順序，
而且每一章也並未都涵蓋了四者，在閱讀上，讀者只需按照各
章（a）的部份，便可知曉一個完整的故事。然而這樣的故事到
第九章便告完結，第十章對整個故事而言便沒有作用，而第十
章卻和（b）（c）（d）有著無法分割的關係。我們不難發現，
（a）中提到的人物和事件，在（d）都可以得到呼應，而（d）
也成了（a）的靈感來源之一，甚至成為提出事實的佐證。看似
附屬性質的（d），實際上是另一個「正文」，亦即正文（a）
的正文，正文（a）是正文（d）的吸納與變形，（a）（d）兩
者在相互交叉調和下，呈現了互文性。至於（b）（c）兩個層
次，除了前文所分析的對話性之外，兩者與（a）（d）屬於媒
介的關係，亦即透過書信的往來，莫言得以閱讀李一斗的小
說，然而這只是其中一層意義，透過（b）（c）的牽引，才會
有第十章莫言和李一斗的現身酒國，以及莫言的最終醉倒酒國
的下場。

　　正是在各種異質文本的獨立發展卻又相互干涉的同時，小
說本身自我指涉與評論的面目更加清晰，而不同層面的符號系
統在相互激盪下，更產生了意義的流動空間。《酒國》、《天
堂蒜薹之歌》以及〈爆炸〉、〈貓事薈萃〉等具有互文性的小
說，正是在如此的書寫過程中，構築了自己的意義世界。

第四節　官場現形記

　　前文所提過的莫言小說中的飢餓現象，和當時的政治氛圍
有密切的關係，而筆者也曾粗略地將幹部的貪婪（另一種欲求
不滿的飢餓），和百姓的飢餓進行參照。莫言在〈紅蝗〉中便
已告知這是個「吃人的社會」（1993c：132），而在一定程度
上應該取法於魯迅〈狂人日記〉[20]的《酒國》，是在先輩的基礎
上變本加厲之作，「吃人」在《阿Q正傳》已聞其聲，而狂人
的「救救孩子」的吶喊，在莫言筆下轉變成對吃人血骨者，殷
勤的獻祭（諷刺的是，父母出賣孩子是因為貧窮）。《酒國》
中那些被酒池肉林浸泡得靈魂腐爛的殭屍，與《豐乳肥臀》中
改革開放後的玉饌珍饈，以及《紅樹林》中人體上菜的花招和
精緻的飯店美食等，莫不與飢餓形成了強烈的反差。在金權政
治當道的時代，或許誠如《豐乳肥臀》中的魯勝利說的：「大
家都在貪，都心照不宣，最終都要被錢咬死。」（1996f：744），
然而當《酒國》中的余一尺對李一斗說：「小子，別虛偽，有
錢能使鬼推磨。世上也許有不愛錢的人，但我至今未碰上一個。」
（1992：182）時，《紅樹林》中小海，成了「不愛錢」的唯一
（當然還有小海的姊姊珍珠）。因此當大虎面對小海，也不禁
產生這樣的疑惑：「嘿，邪了，這世界上竟然還有不要錢的小
孩」（1999：208）。在這樣的多音共振的交會點上，作家莫言
的心理活動於是和盤托出，他激濁揚清，那些飽含淚水過活的

---

[20]　莫言應該師法魯迅之處尚有《十三步》中的籠中人（有〈狂人日記〉中狂
　　人的影子），以及〈靈藥〉中能治雲翳病的人膽（〈藥〉中能治癆病的人
　　血饅頭）等處。

貧困農民，和必須用身體換取糧食的受難者，與腦滿腸肥的官商（勾結），立馬有了高下互見的價值批判。而附帶一提的是，小說中貧下中農對「地富反壞右」報復的渴望，與夫莫言對這種渴望的漫畫化甚至醜化，都呈顯莫言抵中心（de-centered）的傾向，當然這和莫言出身上中農的身分有關。

如果不將眼光放在《天堂蒜薹之歌》的官逼民反上，那麼莫言對政策疏失與幹部荒淫的批判，以及對百姓無知的責備和苦難的聲援，就沒有著落。《天堂蒜薹之歌》取材於 1987 年 5 月 26、27 二日，發生於山東省蒼山縣的「蒜薹事件」，莫言別有用心地將小說題名為「天堂」，已經明喻著諷刺，驚人的是，他在短短三十五天內，便完成了這本讓他想起了家鄉親人遭遇的小說。《天堂蒜薹之歌》故事的主線大抵和真實事件相去未遠，主要描述天堂縣蒜農為了響應國家獎勵種植蒜薹政策，但卻在政府昏庸的行政措施下，爆發的官逼民反事件，事件肇因於供銷社的冷庫不敷使用，以及負責官員的老大心態，憤怒的蒜農將縣政府破壞得七零八落，以此泄憤。其中每一章開頭，類似〈李有才板話〉的張扣的歌謠，已經道出整個事件的始末。在《天堂蒜薹之歌》中，我們看到法令、執法者與百姓「三足鼎立」[21]的場面，然而在這個三角關係中，執法者顯然是影響大局的主角，而這正是莫言要批判的所在。

《天堂蒜薹之歌》中，執法幹部動輒吃香喝辣，而且家豐財足，氣焰囂張。必須說明的是，莫言在相繼大約六年前後（1988 年 4 月至 1993 年 12 月）出版的兩個版本的《天堂蒜薹之歌》，

21　改革開放只是表象，實質上還是階級鬥爭、幹部腐化，在沒有足夠的操作能力之下，法令成了一種廉價的點綴，官官相護，欺壓百姓。而百姓本身的封建遺毒（轉親換親或者動用私刑），並沒有隨著時代的開放而根除。

除了小說題記、第一章張扣的歌謠，與最後一章的全部內容有
所不同外，基本上並沒有太大的變動。在我們能夠看出作者心
理活動的狀態。前作（1988）第一章的歌謠只簡述了天堂縣種
蒜的歷史，後作（1993）則將天堂縣繪「聲」繪「影」，這個
美麗之境，當真宛若天堂，但卻埋下了頹敗的伏筆。前作的末
章以報紙形式寫成，內容自然不外乎事件報導與社論之類，只
是這幾篇看似公正客觀的報導與評論，在「本書作者」看完報
紙後，張扣對他說的一席話中，得到反證。報紙（報紙題名《群
眾日報》，寫得卻不是真正的群眾聲音）報導中央對蒜薹事件
下達的決定是，將撤銷主要責任者仲為民天堂縣委副書記職
務，並將縣委書記紀南城停職檢查，但張扣（正格百姓）卻以
「小道消息」抵制了中央的官派說法，中央決定的停撤職處分，
只是調職他縣（甚至還都升了職）、掩人耳目的手法，他們並
沒有真正處理問題的誠意，百姓徒然成了再次被愚弄的對象[22]。

　　張扣在後作（1993）卻落得慘死街頭的下場，作者沒有明
確寫明死因，但政府暗施毒手的痕跡清晰可辨，張扣死了，但
他的歌聲卻始終縈繞不去，張扣的枉死，除了再次揭露政府的
陰險可怕外，他的冤魂或許更可以作為誓死不從腐敗政府的抗
拒[23]。後作（1993）的末章以一般小說的形式寫成，交代了前作

---

[22] 莫言在《十三步》中藉記者兩次採訪李玉蟬時，李玉蟬的三緘其口與記者
的信筆胡編，譏刺了傳媒的善於無中生有。貝尼特（T. Bennet）認為，「媒
體藉由定義真實的能力，衍生出無窮的權力」（425），《天堂蒜薹之歌》
中這種粉飾太平的做法，正如同貝尼特所說的，「在媒體實踐中以精細事
件報導為掩護，卻為特定政治觀點所服務，追求政治目的的完成，不管這
種情形是光天化日或偷雞摸狗地進行」（415）。莫言對報業（資訊傳媒）
的諷刺和不信任，更無情地對班雅明說的必須即時鑑定事實真偽的「要求」
做了翻轉，報紙存在的價值，甚至連「瞬間」也無。

[23] 這亦是張扣和李有才不同之處，李有才在小說中只是附屬的角色，他不似

（1988）留下的入罪蒜農的下落，在後作末章中，前作的批判性和諷刺減少了，卻憑添了一層濃濃的哀戚，這或許是因為事過境遷所致。莫言曾經為這個令他髮指的事件痛心疾首（所以能在三十五天內完成十幾萬字的小說），然而六年後，當他重新面對這個已經成為歷史的文本時，他的心境顯得較為沈穩內斂。但他小說中未曾更易的部份，顯示他始終強調的，對政府官員的批判是不變的。

莫言始終沒有停止對這群「打著共產黨的旗號糟蹋共產黨聲譽的貪官汙吏」（1996b：260）的批判，如同《天堂蒜薹之歌》中的高馬說的：「當幹部就要賣良心，不賣良心當不了幹部」（ibid，263），類似的聲音，在《豐乳肥臀》裡也存在著：「蠻橫是公家人的身分證，……公家人不橫，還算什麼公家人呢？」（1996f：538）。《豐乳肥臀》中，牛農因為牛隻被偷而報案，那些和偷牛賊一條道上的派出所聯防保安隊員，開口就要「立案費」、「偵察費」、「補助費」、「旅差費」和「夜班費」，即便不告了，還要「撤訴費」，這種情形和《天堂蒜薹之歌》中被層層剝削的蒜農如出一轍。《十三步》中的走後

張扣有抵抗強權的能力，李有才宛若點綴性地出現在小說中，而能哼唱的也不是只有他一人，和張扣比較起來，他只是毛主席「講話」的奉行者，而張扣卻是遊走權力中心邊緣的「他者」。時序進入 90 年代，莫言的小說可以堂而皇之（當然也避免不了遭致極左路線撻伐的命運）地對中共的政策錯誤進行批判，回顧王蒙 1956 年發表的〈組織部新來的青年人〉中的結局（可見本文第一章第二節），《天堂蒜薹之歌》的另調他鄉並且升官的結果和它竟是如此相似；而二十世紀末的今日，《紅樹林》的林大虎，宛若實際生活中仗著父親是昆明某公安局副局長便胡作非為的孫小果（新週刊，43），而知法犯法（利用查案貪污行賄）的湖南省雙牌縣檢查院反貪污賄賂局的局長和副局長（ibid：45），則彷彿是《酒國》中，丁鈎兒的身影；而發生在 95 年，號稱「共和國第一大案」的前北京市市委書記陳希同案，則是集莫言小說中的貪官於大成者。

門，《紅樹林》中的官官相護，與夫《酒國》中的明目張膽吃食人肉，這些現象，正如《豐乳肥臀》中的「精神病人」高大膽說的，「他們（按：公務人員）的欲望，是永遠填不滿的海洋！」（1996f：639）

我們或許可以從蒜農的辯護人，解放軍砲兵學院的青年軍官的陳詞中，聽到莫言對貪官汙吏的譴責：

> 三中全會以後，實行了分田到戶政策，農民的生產根本無須幹部操心。幹部們便天天大吃大喝，吃喝的費用當然不需自己掏腰包！說句過火的話，這些幹部，是社會主義肌體上的封建寄生蟲！所以，我認為，被告人高馬高呼「打倒貪官汙吏！打倒官僚主義！」是農民覺醒的進步表現，並不構成反革命煽動罪！難道貪官汙吏不該打倒？！難道貪官汙吏不該反對？！（1996b：298）

在這幾篇儼然二十世紀末的「官場現形記」中，沒有人在《酒國》揭竿起義，討伐墮落，反而自投羅網、愈陷愈深；而《天堂蒜薹之歌》裡被壓迫的蒜農，在官僚主義一手遮天下，只能面對橫征暴斂的淫威，悲哀地死去；至於《紅樹林》中的陳珍珠，儘管堅壁清野，卻仍逃不出被厄運（三隻虎輪姦、未婚夫出賣）攻陷的苦境，成了金權政治下的犧牲者。在歷史與社會的座標上，中共二十年來黨的政策不斷革新推動，然而莫言對共產主義得以實現的希望，卻愈來愈微乎其微，這種希望的凋零，肇因於莫言深惡痛絕的官僚主義和官場文化。

詹明信（F. Jameson）認為：「所有第三世界的文本均帶有寓言性和特殊性：我們應該把這些文本當作民族寓言來閱讀」

（1994：92）；「第三世界的文本，甚至那些看起來好像是關於個人和利比多趨力的文本，總是以民族寓言的形式來投射一種政治：關於個人命運的故事包含著第三世界的大眾文化和社會受到衝擊的寓言」（ibid：93）。他同時指出，「寓言精神具有極度的斷續性，充滿了分裂和異質，帶有與夢幻一樣的多種解釋，而不是對符號的單一表述。」（ibid：97）。在莫言的小說中，《天堂蒜薹之歌》的蒜農用身體燃起了蒜薹事件的烈火，卻仍然燒不盡官僚主義的腐敗毒素；《十三步》中籠外的那群聆聽者，到最後才發現到底與籠中人共居一籠，看著「一隻流血的、金色的、像鴿子一樣大的麻雀」（1993b：375）一步步走來，「十三步」的麻雀傳說，冷酷地在我們面前降臨[24]。至於《酒國》裡的高級偵查員丁鉤兒，最後落得與「理想、正義、尊嚴、榮譽愛情等等諸多神聖的東西」，一起「沈入了毛坑的最底層」的命運（1992：382）——這是丁鉤兒最好的歸宿；而《豐乳肥臀》中，收賄巨款的市長魯勝利被處死，東方鳥類中心的負責人韓鸚鵡、耿蓮蓮因行賄而入獄；《紅樹林》中的三隻惡虎和「為『虎』作倀」的林嵐相繼伏法，莫言將惡質的官場文化和腐敗的官僚主義凌遲的心情昭然若揭，然而他對自己如斯浪漫的想法，也完全沒有把握，在《豐乳肥臀》的金權鬥爭中，為父密謀奪取上官金童「毒腳獸乳罩大世界」的汪銀枝依然穩居寶座，而作者莫言也成了《酒國》中，丁鉤兒的親兄弟，醉倒酒國。

---

[24] 小說是以麻雀「走路」這個不尋常的現象，來寓言人的命運。前十二步都是交好運，或者財運、或者官運，但如若麻雀走了第十三步，前面的好運氣將會「變成加倍的壞運氣降臨」（莫言，1993b：292）。

　　莫言的沒有把握，在《酒國》的〈酒後絮語〉中便已得見：
「能把月亮炸掉怕也不能把公費的酒宴取消」（1992：425）。
莫言的小說一路走來，多年前的酒國市、九〇年代中葉的大欄
市與二十世紀末的南江市，都是不同時代的中國的縮影，它們
成了莫言寓言的本身，然而讓問題變得複雜化的卻是隱伏在這
個空間內的文化機制。中國這個古老的民族，傳統經典禮教傳
授吃人不吐骨頭的祕方，根深柢固的官僚體系腐蝕了「為人民
服務」的神聖使命，在如今一切講求「文明」的中國大陸，卻
因整體知識水平的不足，而讓物質文明成了民族整體經驗的艱
難敘述。揮之不去的封建遺毒，傳播無藥可救的歷史病菌，這
些文化文本深入莫言的創作，在莫言的筆下形成了它的寓言結
構，上述幾部小說中所呈現的敗北形象，雖然逼顯出莫言本身
進退維谷（ambivalent）的聲音，但在更大的程度上是對主流意
識形態的抗爭，甚至宣佈它的死刑。

　　莫言始終深沈眷戀的大地之母（停留在拉岡[J. Lacan] 的想
像[Imaginary]階段），在主流意識形態這個陽剛之父的入侵下
（進入拉岡的象徵秩序[Symbolic Order]），產生了質變，面對
「母親」的被破壞，莫言的弒父戀母表現在批判陽剛之父與對
土地的歌頌上，這是莫言的家族羅曼史（family romance）。從
莫言早期的作品一直到今天，這種情結始終並未消散，藉由文
本互涉，我們得以尋溯莫言意識的軌跡，莫言的寓言，或許正
如一座華麗的廢墟，在世紀末的中國大陸，悄然升起。

結語

他從集體精神中召喚出治療和拯救的力量,這種集體精
神隱藏在處於孤獨和痛苦的謬誤中的意識之下;我們看
到:他深入到那個所有人都置身其中的生命模式裡,這
種生命模式賦予人類生存以共同的節律,保證了個人能
夠將其感情和努力傳達給整個人類。

—— 榮格·〈心理學與文學〉

　　莫言將自身置於當代中國大陸「所有人都置身其中的生命
模式裡」,是幸也是不幸。莫言誕生在「最英雄好漢最王八蛋」
的高密,而出生後不久便趕上了大飢荒,如果沒有這些經歷,
或許就沒有今天的莫言。中國大陸幾個重要的政策(大躍進、
飢荒、反又、文革、改革開放、商品大潮……)莫言都「躬逢
其盛」,在改革開放後的文壇,莫言更是不遑多讓,成了最受
矚目的作家之一。在莫言的小說中,我們看到了輝煌與頹敗,
夢幻與現實,同時也看到了「歷史」。歷史在莫言的巧妙運用
下,鮮明地還原了它們的本來面目,他尤其證明了文革前,中
共實施的政策,不啻一場場陰謀詭計,而莫言對它們委實給予
了無情的批判和諷刺。

　　在鄉土的滋養下,莫言即便身在城市,血液裡流淌的仍是
熾熱的鄉土元素,對於城鄉的逆愛,他的關注鄉土,正是一種
對鄉愁的難以忘懷。於是他在家鄉的基礎上,抒發了對家族和
人生的緬懷與愧嘆,做為一名在精神上離不開鄉土的作家,莫
言在空間上對鄉土始終寄予厚望,而對於這個空間中的時間,

他以自己的方式和經驗，豐富並轉化了傳統歷史時間的刻板與僵化。莫言的小說不應被放在尋根小說之列，他虛構的家族史，仍是奠基在鄉土之上對時代和個人發出的忠告。

　　莫言的烏托邦形式在主流意識形態掌控大局之下，被千刀萬剮的結果，成了殘破的碎片。在碎片的撿拾過程中，面對時空的無法挽回，莫言只能將文字訴諸記憶，因此小說中的童年經驗成了源源不絕的靈光閃動，而幻覺成了生命的抽象形式。莫言以生理的現象，突破文化與意識形態的牢籠，卻終究在性意識的環節上，慘遭道德的夾擊，苦不堪言。這個在運輸傳統智慧的鈕帶上毅立不搖的說故事者，以一貫泥沙俱下的豪情，為世人提出忠告，而藉著小說作者與主人公的對話，我們看到文化斷裂處，產生的多種思想間的矛盾，而莫言也從中發現自己。透過互文的效果，我們更進一步發現在不同的符號系統下，異質文本的對話中和所產生的意義。最重要的，我們得知莫言小說背後的文本／作者的創作意念，還有它的寓言所指。

　　時序進入 90 年代，莫言採取不同於王朔、張宇、范小青等人透過調侃、放肆的姿態，對主流文化與意識形態進行疏離的策略，而以更孤獨卻更深沈的方式打擊中心話語與權威論述，對市場經濟的負面效應與官民凡事向錢看的心理，莫言的呼喚，無疑是一次次悲哀的警告。莫言曾經說過：「也許在不久的將來，我也會回到高密東北鄉去，遺憾的是那裡的一切都已面目全非，現實中的故鄉與回憶中的故鄉、與我用想像力豐富了許多的故鄉已經不是一回事。作家的故鄉更多是一個回憶往昔的夢境，它是從歷史上的某些真實生活為根據的，但憑添了無數的花草，作家正像無數的傳說者一樣，為了吸引讀者，不斷地為他夢中的故鄉添枝加葉──這是將故鄉夢幻化、將故鄉

情感化的企圖裡，便萌動了超越故鄉的希望和超越故鄉的可能性」（1998c：243）。在都會與故鄉的夾縫中，莫言並非遊刃有餘，我們可以斷定，他始終屬於後者。

在莫言將近二十年的創作生涯裡，他始終是一個孤獨者的姿態，在中國大陸當代文學史上，莫言能佔有一席之地，或許正是由於他的孤獨。孤獨的人在暗處銘刻記憶，編織夢境，在一片喧囂擾攘中，別具一格。從對家鄉高密的描寫，到今天走出高密，超越故鄉，我們不難體會莫言經營的苦心。然而在這個身體裡流著鄉土血液的孤獨者身上，即便肉身離開了鄉土，卻始終改變不了浸潤在種族遺傳記憶的體質。莫言只能蒐集記憶的鄉愁，混雜語言和欲望等等有機物，充作構築班雅明說的那座孤立城堡的材料。

然而，莫言只能在他自己堆砌而成的文字城池中，據地為王，揭竿起義，他獨樹一幟的美麗與哀愁，在世紀末的中國，要力抗資本主義腐敗面的狂瀾，彷彿只是一場化不開的夢魘。他打破一切條條框框，向人性的底層挖糞，然而在夢幻之外，現實世界中的管謨業依舊是體制內的犧牲者。這樣的落差，透露管謨業和莫言在現實和幻夢之間的內在距離，前者只能利用後者進行慾望之舞，被迫壓抑的前者，在後者身上找到宣洩的出口。這種因為身體與靈魂的分裂導致的流離失所，或許是連莫言自己也搞不清的最深沈的矛盾！

附錄一　莫言生平大事記及著作年表
（1955~1999.3.）[1]

年份	歲數	大　事　記　及　著　作
1955	1	2月17日（古曆1月25日），生於山東省高密縣大欄鄉平安庄的一個農民家庭，排行老么。家庭出身上中農，由莫言上溯五代都是農民。莫言出生不久便逢天然災害，因食荒地裡的野菜而不死。
1958	3	去公共食堂吃飯時，打翻家裡唯一的一個現代設備——竹殼熱水瓶，鑽進草垛裡，一天不敢露面。
1961~1962	6~7	大躍進之後，因為捱餓，得了水腫，挺著半透明的大肚子勞動。
1966	11	小學五年級時「文革」爆發，因編寫《蕎藥造反小報》得罪了當權的老師，加上家庭成份不好而被剝奪上學權利。在這段「失學」的歲月，莫言藉著在華東師範大學讀中文系的大哥的教材和天然的教材，走了一段自學道路。
1966~1972	11~17	十一歲到十七歲，是一個真正的農民，放牛、割草，也曾當過一家棉油廠的過磅員。期間曾寫信給當時教育部長周榮鑫，表達自己想上大學的瘋狂願望，結果當然還是必須「好好勞動，等待貧下中農的推薦」。
1972~1973.8	17~18	托叔父的面子，在縣裡一家加工棉花廠當會計，期間結識現今妻子並與之訂婚。
1973	18	冬天。到昌邑縣挖膠萊河，回鄉後寫了小說處女作〈膠萊河畔〉，但不記得因何緣故而腰斬。
1976	21	2月16日入伍。部隊在山東黃縣，剛開始挖廁所、掏豬圈，當了七年警衛戰士，後來由於在部隊裡表現良好，當過班長、教員和幹事，教過哲學、政治、經濟和黨史。

---

[1] 這份年表無可避免地有所闕漏，而其中未能查明發表刊物，但可知寫作年份者，以「完成」表之。例：可由莫言文集卷五《道神嫖》中得知〈售棉大路〉作於1983年1月，但因不詳於何處發表，故以「完成」名之。至於其他無法查明者則不列入本表。

		原本有報考工程技術學院的機會，但因為名額被北京「搶掉了」（按：因為名額早已分配）而作罷。
1979	24	7月。結婚，婚後育有一女。
1981	26	發表短篇小說〈春夜雨霏霏〉於《蓮池》第1期，為正式發表的處女作。 發表短篇小說〈丑兵〉於《蓮池》第2期。 完成短篇小說〈售棉大路〉。 11月3日，女兒出世。
1982	27	發表散文〈雪花雪花〉於《花山》第3期。 發表短篇小說〈因為孩子〉於《蓮池》第5期。 到北京延慶縣龍慶峽當宣傳幹事。
1983	28	發表散文〈我和羊〉於《花山》第5期。 發表短篇小說〈放鴨〉於《無名文學》第2期。 發表短篇小說〈金色鯉魚〉於《無名文學》第5期。 發表短篇小說〈民間音樂〉於《蓮池》第5期。
1984	29	發表短篇小說〈島上的風〉於《長城》第2期。 發表短篇小說〈白鷗前導在春船〉於《小說創作》第2期。 發表中篇小說〈雨中的河〉於《長城》第5期。 因為參加部隊考試結識徐懷中，通過他，莫言的思想產生很大的變化。 9月。入解放軍藝術學院。莫言入軍藝，是靠毛遂自薦。84年春天，莫言錯過軍藝首屆文學系報名期限，於是他帶著作品親自上門，適逢系主任徐懷中慧眼識英雄，莫言得以「破格」錄取。
1985	30	發表中篇小說〈透明的紅蘿蔔〉於《中國作家》第1期，旋即廣受文壇矚目（該篇小說完成於84年11月）。 發表短篇小說〈石磨〉於《小說界》第2期。 發表〈天馬行空〉於《解放軍文藝》第2期。 發表〈有追求才有特色——關於〈透明的紅蘿蔔〉的對話〉於《中國作家》第2期。 3月。完成短篇小說〈枯河〉。 發表短篇小說〈老槍〉於《崑崙》第4期。

		發表短篇小説〈白狗鞦韆架〉於《中國作家》第 4 期。 發表中篇小説〈金髮嬰兒〉於《鍾山》第 5 期。 發表中篇小説〈球狀閃電〉於《收穫》第 5 期。 7 月 6 日，發表〈橋洞裡長出了紅蘿蔔〉於《文藝報》。 發表短篇小説〈秋水〉於《奔流》第 8 期。 發表短篇小説〈大風〉於《小説選刊》第 8 期。 發表短篇小説〈五個餑餑〉於《當代小説》第 9 期。 發表短篇小説〈三匹馬〉於《奔流》第 9 期。 發表散文〈馬蹄〉於《解放軍文藝》第 11 期。 發表中篇小説〈爆炸〉於《人民文學》第 12 期。
1986	31	發表報告文學〈美麗的自殺〉於《解放軍文藝》第 1 期。 發表散文〈大肉蛋〉於《文學自由談》第 1 期。 發表〈黔驢之鳴〉於《青年文學》第 2 期。 與幾位軍藝同學接受《文學評論》採訪，採訪內容見該期刊第 2 期〈幾位青年軍人的文學思考〉。 發表短篇小説〈草鞋窨子〉於《青年文學》第 2 期。 發表短篇小説〈斷手〉於《北京文學》第 3 期。 發表雜文〈十年一覺黃粱夢〉於《中篇小説選刊》第 3 期。 發表〈兩座灼熱的高爐〉於《世界文學》第 3 期。 3 月。作家出版社出版小説集《透明的紅蘿蔔》。 發表中篇小説〈紅高粱〉於《人民文學》第 3 期。 〈紅高粱〉獲全國第四屆（1985-1986）中篇小説獎。 發表中篇小説〈築路〉於《中國作家》第 4 期。 發表短篇小説〈蒼蠅・門牙〉於《解放軍文藝》第 6 期。 發表〈《奇死》後的信筆塗鴉〉於《崑崙》第 6 期。 發表評論〈唯有真情才動人〉於《文藝報》。 發表評論〈我想到痛苦、愛情與藝術〉於《八一電影》第 8 期。 9 月。畢業於解放軍藝術學院文學系，畢業後分發到總參文化部擔任幹事。
1987	32	發表中篇小説〈歡樂〉於《人民文學》第 1-2 期合刊本。 2 月 1 日，發表報告文學〈高密之光〉於《人民日報》

		第 5 版。 發表短篇小說〈罪過〉於《上海文學》第 3 期。 發表中篇小說〈紅蝗〉於《收穫》第 3 期。 發表中篇小說〈棄嬰〉於《中外文學》第 2 期。 發表報告文學〈大音稀聲〉於《崑崙》第 4 期。 5 月。解放軍文藝出版社出版長篇小說《紅高粱家族》。 與張藝謀共同將〈紅高粱〉和〈高粱酒〉改編成電影《紅 高粱》，該片榮獲 1988 年第 38 屆柏林影展金熊獎。 9 月。台灣新地出版社出版小說集《透明的紅蘿蔔》， 該集子收錄〈大風〉、〈白狗鞦韆架〉、〈民間音樂〉、 〈三匹馬〉、〈枯河〉與〈秋水〉等六個短篇及〈透明 的紅蘿蔔〉與〈爆炸〉兩個中篇。 發表中篇小說〈貓事薈萃〉於《上海文學》第 10 期。 發表短篇小說〈飛艇〉於《北京文學》第 10 期。 發表短篇小說〈凌亂戰爭印象〉於《虎門》第 1 期。 10 月。完成短篇小說〈養貓專業戶〉，並於《電影文學》 發表短文〈戰爭文學隨想〉。 12 月 13 日，發表報告文學〈高密之星〉於《人民日報》 第 5 版。
1988	33	發表中篇小說〈玫瑰玫瑰香氣撲鼻〉於《鍾山》第 1 期， 文末收錄短文〈也算創作談〉。 發表短篇小說〈革命浪漫主義〉於《西北軍事文學》第 3 期。 4 月。作家出版社出版長篇小說《天堂蒜薹之歌》。 8 月。解放軍文藝出版社出版小說集《爆炸》。 發表中篇小說〈生蹼的祖先門〉於《長河》創刊號。 發表短篇小說〈馬駒穿越沼澤〉與中篇小說〈復仇者〉 於《青年文學》第 11 期。 12 月。台灣洪範出版社出版長篇小說《紅高粱家族》。
1989	34	發表〈我的農民意識觀〉於《文學評論家》第 2 期。 4 月。作家出版社出版長篇小說《十三步》，與小說集 《歡樂十三章》，《歡樂十三章》內收錄〈罪過〉、〈飛 艇〉、〈棄嬰〉等十三個中、短篇小說。

		4 月。台灣林白出版社出版小説集《透明的紅蘿蔔》，該集子收錄〈白狗鞦韆架〉、〈草鞋窨子〉和〈枯河〉等三個短篇，及〈透明的紅蘿蔔〉、〈金髮嬰兒〉與〈紅高粱〉等三個中篇小説。 4 月。台灣洪範出版社出版長篇小説《天堂蒜薹之歌》。 發表〈你的行為使我們恐懼〉於《人民文學》6 月號。 9 月。入北京師範大學魯迅文學院創作研究生班。
1990	35	1 月。台灣洪範出版社出版長篇小説《十三步》。
1991	36	畢業於北京師範大學魯迅文學院創作研究生班。 8 月 29 日，發表〈我與農村〉於《農民日報》。 10 月。華藝出版社出版小説集《白棉花》，其中收錄〈父親在民伕連裏〉（又名〈野種〉）、〈你的行為使我們恐懼〉和〈白棉花〉三個中篇，以及〈人與獸〉（又名〈野人〉）、〈遙遠的親人〉與〈愛情故事〉三個短篇。 完成〈幽默與趣味〉。
1992	37	5 月。完成中篇小説〈戰友重逢〉。 9 月。台灣洪範出版社出版長篇小説《酒國》。 完成〈夢境與雜種〉。
1993	38	2 月。湖南文藝出版社出版長篇小説《酒國》。 2 月。台灣洪範出版社出版小説集《懷抱鮮花的女人》，該集子收錄〈罪過〉和〈棄嬰〉等兩個短篇，以及〈築路〉、〈歡樂〉與〈懷抱鮮花的女人〉等三個中篇。 2 月。社會科學出版社出版小説集《懷抱鮮花的女人》。 6 月。長江文藝出版社出版小説集《金髮嬰兒》，內收錄〈大風〉、〈枯河〉等十個中、短篇。 7 月 4 日，發表〈好談鬼怪神魔〉於中國時報人間副刊。 12 月。華藝出版社出版長篇小説《食草家族》。 12 月。北京師範大學出版社出版長篇小説《憤怒的蒜薹》，及小説集《神聊》，《神聊》內收錄〈神嫖〉、〈辮子〉和〈天才〉等二十一個短篇。
1994	39	2 月。台灣洪範出版社出版小説集《夢境與雜種》，該集子收錄了〈夢境與雜種〉、〈你的行為使我們恐懼〉、〈球狀閃電〉和〈幽默與趣味〉等四個中篇，以及〈貓

		事薈萃〉與〈養貓專業戶〉兩個短篇。 10 月。新世界出版社出版小説集《貓事薈萃》，其中收錄中篇小説〈築路〉及短篇小説〈罪過〉、〈飛艇〉、〈貓事薈萃〉、〈蒼蠅‧門牙〉與〈民間音樂〉等。
1995	40	與嚴浩等人合力完成電影《太陽有耳》的編劇工作，該片榮獲 1996 年柏林影展最佳導演銀熊獎。 5 月。北京作家出版社出版五卷《莫言文集》。卷一《紅高粱》收錄長篇小説《紅高粱》及中篇小説〈戰友重逢〉、〈紅耳朵〉；卷二《酩酊國》收錄長篇《酩酊國》（即台灣洪範版《酒國》）及四個中篇〈夢境與雜種〉、〈模式與原型〉、〈幽默與趣味〉和〈你的行為使我們恐懼〉；卷三《再爆炸》收錄長篇《天堂蒜薹之歌》及四個中篇〈透明的紅蘿蔔〉、〈球狀閃電〉、〈爆炸〉和〈金髮嬰兒〉；卷四《鮮女人》收錄長篇《食草家族》及〈歡樂〉、〈懷抱鮮花的女人〉與〈白棉花〉等三個中篇；卷五《道神嫖》收錄〈罪過〉、〈飛艇〉等三十九個短篇。 9 月 15 日，完成長篇小説《豐乳肥臀》。
1996	41	1 月。北京作家出版社出版《豐乳肥臀》。 《豐乳肥臀》獲第一屆「大家文學獎」。 5 月。台灣洪範出版社出版長篇小説《豐乳肥臀》。
1997	42	10 月。轉業，現職《檢察日報》影視部。
1998	43	發表短篇小說〈拇指銬〉於《鍾山》第 1-2 期（文末附短文〈胡扯蛋〉）。 4 月。《小説選刊》雜誌轉載〈拇指銬〉。 發表中篇小説〈三十年前的長跑比賽〉於《收穫》第 6 期。 發表短篇小説〈白楊林裡的戰鬥〉於《北京文學》第 8 期。 發表中篇小説〈牛〉於《小説選刊》第 9 期（文末附短文〈牛就是牛〉）。 發表短篇小説〈一匹倒掛在杏樹上的狼〉於《北京文學》第 10 期。

		發表短篇小說〈長安大道上的騎驢美人〉於《鍾山》第5期。 10月。台灣麥田出版社出版《紅耳朵》，其中收錄〈紅耳朵〉、〈戰友重逢〉、〈白棉花〉和〈父親在民伕連裏〉等四個中篇。 10月29日，發表〈我與新歷史主義文學思潮〉於南華管理學院與聯合報副刊主辦之「兩岸作家展望21世紀中國文學研討會」大會手冊，同文亦見《聯合報》。 台灣《幼獅文藝》十月及十一月號轉載〈長安大道上的騎驢美人〉。 10月。台灣聯合文學出版社出版《傳奇莫言》，其中收錄〈神嫖〉、〈良醫〉、〈靈藥〉和〈屠戶的女兒〉等十一個短篇。 台灣《幼獅文藝》十月號轉載〈拇指銬〉。 12月。人民日報出版社出版首本散文集《會唱歌的牆》。
1999	44	發表中篇小說〈我們的七叔〉於《花城》第1期。 發表小說〈祖母的門牙〉於《作家》第1期。 1月。台灣《聯合文學》十五卷三期刊載〈小說談——兩岸小說家對談實錄〉，莫言參與該次座談。 台灣《幼獅文藝》一月及二月號轉載〈一匹誤入民宅的狼〉。該篇原名〈一匹倒掛在杏樹上的狼〉。 1月。海天出版社出版長篇小說《紅樹林》。 3月16日，北京《中國圖書商報‧書評週刊》刊載莫言接受該報記者的採訪內容，標題為〈我要爭做一個謙虛的人〉。

附錄二　莫言訪談記錄

錄音、整理：謝靜國

時間：1998 年 5 月 21 日下午

地點：北京莫言家

人物：莫言（以下簡稱莫）、蔣暉（北京大學中文系 96 級研究生，以
　　　下簡稱蔣）、謝靜國（以下簡稱謝）

從編劇說起

謝：《太陽有耳》之後還繼續從事編劇嗎？

莫：給單位寫了一個電視劇，還沒開拍。

謝：當時也參與了電影《紅高粱》的編劇。

莫：參與了。

莫：編劇當然要編好也不容易，小說寫作就很難說了。

謝：您的意思是編劇比較容易是嗎？

莫：應該是……，編故事容易，不要求那麼多東西，就是把故
　　事編好就是。當然寫劇本也有一套它所謂的基本的方式，
　　心理描寫、風景描寫、對話啊、台詞啊、段落啊。

蔣：情節，就好萊塢模式。

謝：您一共寫過多少部劇本？

莫：我真正獨立編的還不太多，就今年這一部。以前《紅高粱》
　　參加過，《太陽有耳》也合作過。

謝：《太陽有耳》是和嚴浩他們一塊兒編的？

莫：對，那是一段非常痛苦的過程，成天成月地兜在一塊兒，
　　睜著眼瞎編。

謝：那部片子我是看到最後才知道為什麼叫《太陽有耳》？

莫：（笑）我看到最後也不知道為什麼叫《太陽有耳》！

謝：女主角的奶奶在她耳邊老說那個同樣的故事，聽得連太陽
　　都快長出耳朵來了。

莫：啊，非常勉強的事情。這部戲原來不叫這個名字，是嚴浩
　　後來改的。

謝：原來叫什麼片名呢？

莫：原來叫什麼……，《油油的故事》是不是？

謝：喔，就是女主角的名字。

莫：後來變成《太陽有耳》了。

謝：還得了柏林！

莫：其實非常一般化。當時他（謝按：指嚴浩）要我寫，我寫了
　　東北一個女土匪的故事，可是嚴浩不喜歡，就自己拿了個
　　故事來……，後來搞得不大愉快。

謝：是嗎？

莫：太慢太難辦了，愈編愈感到沒有興致。

謝：一共編了多久？

莫：前前後後好幾個月。

謝：什麼事兒都不幹，淨幹這個？

莫：嗯。

謝：怪不得難過了。

談自己的小說

尋根

謝：您究竟生於 56 年還是 55 年？

莫：我準確地說是 55 年生的，現在的檔案都寫我是 56 年，當
　　　時入伍時……超齡了嘛！人民公社可能有我的紀錄。（眾笑）

謝：您初次來北京是什麼時候？

莫：84 年。

謝：來上學？

莫：我 84 年來魏公村的軍藝（按：解放軍藝術學院）上學，我實
　　　際上是 82 年過北京，當時是在延慶，龍慶峽那邊。

謝：那麼您在 84、85 年，創作時以高密東北鄉為藍本，是否有
　　　著懷鄉乃至懷舊的情緒？

莫：其實剛開始寫作的時候，我曾經有過一段時間找不到東西
　　　寫，一直到了我到軍藝以後，我寫高密東北鄉，好像突然
　　　發現一個巨大的寶藏一樣，要寫的素材源源不斷地來。

謝：跟當時的尋根熱有關嗎？

莫：那時的尋根還沒完全開始，不過我們上學的時候提了就是，
　　　像是阿城寫過一篇有關文化背景的〈文化制約著人類〉，
　　　韓少功也寫過一篇〈文學的根〉，我在當時確實還不能很
　　　好地理解「尋根」的意義，什麼叫「尋根」哪？我對這種
　　　提法有一點反感。當時韓少功他寫湘西、寫楚文化的源頭、
　　　寫那篇〈文學的根〉，可以說是有理論自覺地在做文化「尋
　　　根」的工作；阿城也是一樣，他認為任何一種人，無論他
　　　生活在什麼地方，實際都受到一種文化的制約，我們現在

生活中遇到的許多事情，包括一個簡單的規律，建造房屋的結構等等都是；當時還要加上鄭萬隆的搖旗吶喊，好像成了一點氣候（謝：還有個李杭育）。

蔣：雖然現在國外或者國內的評論家都承認確實有「尋根文學」的存在，但我始終沒有把您歸為此類。

莫：有許多人說我屬於尋根的。

蔣：你說戴鳳蓮這個形象，是從「尋根」得出來的嗎？

莫：我想，沒有這個「尋根」意念，我肯定還是這樣寫。尋根文學沒有什麼特別有藝術的作品，起碼對我個人而言。尋根文學大概就是在 85 年，一個很短暫的狀態，就算沒有這個狀態，我還是這樣寫。當時真正有理論自覺地在寫的還是韓少功，鄭萬隆，他們一個寫湘西，一個寫北方淘金，像王安憶的〈小鮑莊〉能算尋根文學嗎？當時杭州大學寫的《當代中國小說史》，就硬把它歸為尋根文學。

蔣：現在尋根好像變成是一種思維方式，或者是一種看世界的角度。

莫：是一種特別有意識的行動。實際上它沒成什麼氣候，而且我想它這種東西不可能有大的作品。

謝：其實很多東西不是那麼容易被歸類。

莫：要歸類比較困難，我覺得。歸類有兩種情況：一種是作家有意識的，像中國文革之前的山藥蛋啊、白洋淀（謝按：應為「荷花淀」）這兩個小說創作的流派，它都是有一個旗手，然後後邊一大幫追隨的，模仿他們的風格，現在沒有了。

謝：近幾年您曾經再回高密東北鄉去嗎？

莫：我經常回去，每年回去。

蔣：還想以這個背景為題材來寫作嗎？

莫：這不一定，現在這個對我來說，這個高密東北鄉也沒有什
　　麼特別意義。我可以換成一個黑龍江啊、大興安嶺什麼的。

謝：您曾經說過地理上的高密東北鄉和小說中的高密東北鄉是
　　截然不同的？

莫：最早的有一些可能還有一點關係，後來我想它漸漸不是一
　　個地理上的概念，它已經變成一個文學上的概念了，天南
　　地北的故事都得往這裡頭裝。我想，也許下一步要徹底地
　　甩掉這個地方。你不管怎麼說，我們把一個人的一部長篇，
　　例如說《戰爭與和平》也好，或者世界各國的小說，進行
　　一種特別技術的量化分析的話，它裡面肯定有一大部分是
　　當地風土的描寫。你看馬爾克斯的小說裡頭，不可能出現
　　中國的綿羊嘛；托爾斯泰的小說也不可能出現澳大利亞的
　　袋鼠。也許下一部小說我會將高密東北鄉出現的東西完全
　　換個樣子，就寫一個我完全陌生的，比如我想寫一個海南
　　島。

謝：可以寫在海南島上遇到一個叫韓少功的人，也會寫小說。

莫：我基本上就是說，靠我的想像來寫。

謝：您的想像力總是很豐富！

莫：（笑）這是作家的素質嘛。

農民意識

蔣：您的都市題材的作品還不是很多（莫點頭），您現在面臨不
　　面臨像賈平凹式的轉型呢？

莫：賈平凹轉過嗎？

蔣：《廢都》。

莫：對。

蔣：這是他第一次寫城市題材。

莫：那這種說法實際上我也寫過，我在《豐乳肥臀》後半部也是寫城市題材。

蔣：那您的主旨好像還是以前的……

莫：……（此時大夥彷彿很有默契似的點點頭，莫言將話荏轉到賈平凹）

莫：實際上我認為對賈平凹來說，環境已經變得很不重要，他的人物在城市或是在農村都是一樣的，他的人物的心態、人物的行為沒有城市……

蔣：他的四大名人好像不可能是在農村，還是在都市裡面。

莫：你認為都市裡頭有這種人嗎？我認為是沒有。

謝：骨子裡還是很鄉間，很農村的。

莫：還有鄉間的隱士的味道（蔣：是有點這種感覺），所謂的高人。這些人物環境對他們而言已經不重要了，他無論寫到哪裡還是這些人。所以我想一個作家真正是不是能寫，不在於他的小說背景是哪裡，是吧？關鍵在於小說的素質，小說裡面，人物內心的東西。一個知識青年在文革的時候到農村去，待了五年六年，他實際上還是個城市人，他可能穿得比農民還破，皮膚曬得比農民還黑，他比農民還土，但他心裡面，他內心還是城市。那（進了城市的鄉下人）城市人變成了大款，手拿大哥大，身邊帶著個小蜜，出入高級飯店，西裝革履，但我想始終骨子裡農民的東西，短期內也不可能相離開（蔣：對，農民意識），一種思維方法很難改變。我以前說三代方能培養出貴族氣質，就是說大款的兒子還不行，到了大款的孫子那還差不多。

蔣：貴族和大款之間的關係……

莫：那是精神上的超越。

依靠一種本能的衝動在寫

謝：您創作時的動機是什麼？

莫：動機就是要創作一篇作品。

謝：為了創作而創作？

莫：現在我想可能就是這樣。當寫作變成一種職業以後，它就帶有一種強迫的性質。

謝：這樣的被迫創作是不是也包括了編劇？

莫：編劇就帶著更濃厚的功利色彩了，趕快完成任務吧；小說它還是帶著自娛、自我滿足的成份。它這個東西，也是帶著職業感的，我是寫小說的，我幾年沒寫作品，我心裡也有點發慌了，你看著同行那麼寫，而且有時候看到別人寫了很成功的作品，自己心裡也躍躍欲試，也期望自己能寫出個好作品。

蔣：您寫了一篇〈金髮嬰兒〉，我覺得它是一篇很特殊的小說，長江文藝還將它和其他幾篇結成個集子，以它作篇名，您是認為它很重要是嗎？

莫：它是挺有意思的一篇小說。

蔣：我是覺得有些意思，張志忠說你是主要靠一個懸念，去構思這篇小說，看完之後就覺得沒有什麼……（莫：那是評論家說的，他愛怎麼說我就聽……）所以我想聽聽您當時是不是很輕鬆地或者想嘗試一種，還是很認真的一種創造？

莫：認真肯定是認真的。〈金髮嬰兒〉是比較早的作品，是 84年年底的作品，我當時實際上說所有的東西是不可能像現在這麼清醒的，是不？創作了一、兩年以後，對什麼的文學理論啊、什麼各種所謂的構思啊，根本考慮不到的，就

是寫就是了。然後所謂「出了名」以後嘛，讓評論家給總結這個、總結那個，自己再回過頭來看看，寫的時候根本意識不到，我也不知道哪篇是好的哪篇是壞的，寫的時候肯定就是跟著自己的感覺寫出來。

蔣：那後來呢？您對於小說的定位是看評論定位呢，還是自己的誠心？

莫：那就看兩方面。有時候評論的意見為起點，但心裡面還是按照自己最原始創作時的感覺。像〈築路〉、〈金髮嬰兒〉、〈透明的紅蘿蔔〉、〈爆炸〉當時在寫的時候就很有感覺，寫得很痛快。

蔣：都是很有特色的作品。

謝：也就是說這些早期的小說在創作時依靠的是一種抽象的創作慾念。

莫：可以說是依靠一種本能的衝動在寫。

謝：現在呢？

莫：現在寫可以說是搔首躊躇啊，瞻前顧後，左顧右盼的。你懂得有關小說方面的東西愈多，反而難寫得很。當時 85、86 年時，那時初生之犢不畏虎，都是憑著一種本能、一種感覺在寫。

蔣：不過一般小說家剛開始寫的時候都是這樣，靠著原始的積累和原始的靈感。問題是如果走到了一個創作源泉已經用了很多，面對再創作時要怎麼辦呢？

莫：剛開始的時候，作品肯定充分顯露了強烈的個人性，顯示你的才華，但肯定也帶著某種粗糙的、不應該犯的技術上的錯誤。過了一段時間後，肯定特別追求藝術上的安排，技術上的日漸成熟，但是那種原始的創作衝動，恐怕就……

謝：也就是這樣的刻意求「工」，作品的生產期才會不斷拉長，精雕細琢，為的就是期許下一部作品能再登高峰，不致淪為「評論家」的笑柄，或者被出版商視為「票房毒藥」，這似乎是所有生產者的作家——尤其是「名作家」的共同困境。到底有沒有可能「豪華落盡見真淳」呢？

莫：到最後我想可能就是到了所謂「老來老去」的「反璞歸真」的階段，對所有的小說技術都做了嘗試，回頭再來寫，肯定是這時候的標誌。第一要考慮到技術，第二要擺脫這個技術的束縛，這恐怕就是一個成熟作家才能作得到的，寫得特別技術的作家實際上也還是不成熟，明眼人一看就知道。巴金好像說過：「最成熟的技巧就是沒技巧」。

謝：像打太極拳一樣，化有形於無形。

莫：是。

（當時因為樓上整修房子的噪音嚴重干擾，我們大約有兩、三分鐘的沈默）

謝：裝修工人在「迫害」我們。談到「迫害」，文革對您造成了什麼影響？

莫：也沒有直接的影響，我當時還是小孩子嘛，也不可能直接來「迫害」我。就是一種大的政治氣候的壓迫，講究出身，很多不是出身貧下中農的可以說根本沒有前途，社會上也感受到成年人之間的壓力。

蔣：在您的作品裡沒有這段兒，基本上給跳過去了。

謝：我覺得還是可以看出您在小說中對中共政策錯誤的一種揶揄挑逗和批判。

莫：還是可以看出來，不過也沒有直接抨擊就是。我很多作品寫到農村共產黨的基層幹部的時候，肯定沒有一個正面性人物。

謝：沒有一個美好的形象。

莫：那是代表一種壓迫的象徵。

謝：這樣的寫作方式和長期以來積累在潛意識的意緒（諸如不滿、歧視甚至報復）是否有關？

莫：現在（謝按：指今天的莫言對昔日共黨基層幹部的情緒）已經好一點了，現在（謝按：指現今的共黨基層幹部）這幫幹部更可惡。

謝：您不是軍系的嗎？

莫：現在不是了，現在轉業了。

蔣：現在在哪兒工作？

莫：在「檢查日報」影視部。……我們當時當兵也就是搞服務，沒辦法，中國的軍人在和平的年代成了一種職業。

蔣：您自己對《豐乳肥臀》的評價怎麼樣？

莫：我認為它當然是我重要的作品之一了，截至目前為止。可以不看我的任何作品，但是應該看我的《豐乳肥臀》。

謝：《豐乳肥臀》在創作前有沒有企圖完成一部像《百年孤寂》那樣的作品？

莫：差別在於它那是縱的寫的，底下七、八代；我的是橫的展開的。「企圖」，當然企圖寫得「不」跟《百年孤寂》一樣，就怕寫的一樣。

謝：免得又有人說話。

莫：這真的沒辦法。

女性

謝：您如何處理和看待自己筆下的女性？

莫：這個其實也沒認真想過。

謝：是嗎？可我覺得你筆下的女性非常成功。

莫：成功嗎？有人說我根本不會寫女人。

謝：他們的意思肯定是認為你根本不了解女人。

莫：是。

蔣：戴鳳蓮這個角色……

莫：完全是照我想像中了不起的女人的樣子虛構的。

謝：說你不了解女人是因為你還是從男性的觀點來看女人。

莫：是擺脫不了，我後來看《聊齋誌異》，發現確實還是男人的視角，完全男人的想當然耳。賈平凹《廢都》中的視角和它幾乎可以說是一脈相承的。

蔣：您小說中的女性在當時可以說是掀起了一陣巨浪，許多人群起效法，尤其是在您寫形象和慾望的部份，一直到鞏俐出來將戴鳳蓮定於一尊。

謝：至少顛花轎那幕就夠。（眾笑）

蔣：您小說中的女性有您母親的模型嗎?

莫：沒有，絕對沒有。

謝：我記得您說過戴鳳蓮和您奶奶是完全不同的典型。

莫：關於這個爺爺啊、奶奶和生活沒任何關係。

蔣：您是不是覺得搞評論的不應該將小說和作家生活對應，而只是單純地在小說系統中對應？

莫：他這樣比較好一點，不必一定要尋找一個對應的關係，如果硬來的話往往就是牽強附會。創作畢竟是很複雜的東西，也就是說，在 A 作家身上可能對應得很準，在 B 作家身上也許就不行。

謝：在您的小說中，「性」有什麼象徵意義？

莫：我也沒特別認真在寫。我首先認為「性」是一種美好的東西，起碼把它們當做一種美的東西在寫，別人看起來可能

認為怎麼那麼醜陋啊。

蔣：和王小波比起來您寫得還是很保守。

莫：那肯定是保守。王小波用的是一種惡作劇的口吻，反諷式的，它的寫作態度是利用間隔效果，拉開一段距離，像紮上一道圍欄。我想我在我的小說〈紅高粱〉裡的人稱的敘述方式「我奶奶」，也是一條柵欄，也把淫蕩和性之間做了區別。有的作家在處理這樣的議題時沒有製造這種間離的效果，儘管他寫的很含蓄，像以前一些老作家，點到為止，寫到這地方就加一些刪節號，但實際上氛圍還是很淫蕩的。

謝：您是否一直有著逃亡的恐懼？

莫：當然有，我實際上一直有這種恐慌感，一直有一種對未來的恐懼。

謝：能不能說得出來？

莫：說得不太準確，但是很具體的譬如說過馬路，左顧右盼，最近很多的感覺不踏實。

謝：說穿了是對一種不可自我掌控的恐懼。

蔣：很多作家好像都有這種恐懼。

莫：別人我不知道。

謝：我比較好奇的是，那種恐懼感像不像韓少功《謀殺》裡，被一種隨時窺伺著你的那種殺氣籠罩的恐懼？

莫：《謀殺》啊？我沒看過。這樣說吧，我從小就膽特別小，夜裡我在農村沒燈都不敢上廁所，這怕什麼也不知道，怕黑啊，怕各種風聲。當時高粱地裡沒人在的地方我都不敢待的，什麼都怕。

蔣：但在您的作品裡的男性沒一個膽小的。反倒是葉兆言、蘇

　　童和王安憶他們筆下的男性往往都是比女性要軟弱。

莫：可能小說和現實的生活剛好是顛倒過來的。

謝：是一種補償作用嗎？

莫：這我就不大清楚，我膽子實在太小了，從小就什麼都怕。

如何看待評論

謝：對於評論家的說法，您覺得如何？

莫：任憑人家怎麼說唄。文學畢竟不是自然科學，你只要能自
　　圓其說就成。但你自圓其說別人就必須認可的嗎？

蔣：那您本身看不看這些評論？

莫：碰到了我就看，碰不到我就不看。

蔣：只看和自己有關的嗎？

莫：和自己有關的就是興趣更大了一點，和自己無關的有時也
　　看一點。

謝：您對顏色也是特別敏感。

莫：也沒有特別敏感，這可能也就後來評論家給鞍上去的。

謝：有些作家在作品中呈現的氣味和顏色，往往和真實世界中
　　的自己是相貼近的，張愛玲應該是，台灣的朱天文也應屬
　　此類，好像女作家對這方面比較容易自我投射。

莫：我可能和小說反差比較大。我記得好像是陳思和寫過一篇
　　評論我的文章，〈聲色犬馬〉啊（謝按：〈聲色犬馬皆有境界
　　　　莫言小說藝術三題〉）？看了之後我才第一次發現，原來
　　我的小說寫了那麼多強烈的顏色，尤其那麼多紅色，當初
　　自己都意識不到。

謝：您平常讀不讀理論？

莫：理論的東西說實話我讀不懂，往往是讀了五分鐘之後

就……，讀完之後腦袋一片空白，全都忘記了。

蔣：但是您在創作時雖然不能有概念先行，但一定要有個概念。

莫：對我而言，創作的時候是有一個輝煌的畫面，譬如說〈透明的紅蘿蔔〉，〈紅高粱〉也是。

蔣：但是人物的設計、情節的安排和結局涉及了您對這個社會或環境的理解。

莫：這也未必那麼絕對。比如我寫〈紅高粱〉，剛開始寫的時候，我在寫什麼我自己都不知道，包括我寫長篇《十三步》，我寫了八萬字我還不知道怎麼寫，等到寫了十五萬字的時候，後面才知道（原來我要寫什麼），然後用後面不斷來證明我前面寫的東西。剛開始就是往下寫，跟著感覺往下寫，寫到一半了以後呢，後邊的工作就充分利用前面寫出來的東西，把它前後照應便衍出了一個長篇。有的人是在沒寫以前伏稿打得很長，列出很詳細的創作提綱來，這我想是一個成熟作家的一種表現，我原來早期的時候沒那習慣。

謝：有評論家以巴赫金的理論分析您的小說，您看過這樣的文章嗎？

莫：（笑道）這……挺高興的。我只看過社科出版的那本《巴赫金文論選》，看不懂。裡面說到「複調小說」是吧？我把杜斯妥也夫斯基對照著看，我也感覺不出那種「複調」的特性。

蔣：實際上現在不是有個研究者研究嗎？他說最有「複調」特徵的並不是杜斯妥也夫斯基，而是西方的喬依斯，但是在當時蘇聯的政治情況下，不可能提出喬依斯來，所以他就提出一個不是非常像的杜斯妥也夫斯基來。

莫：我覺得很玄乎的是，他沒有一種技術上的分析，就是哪一

段如何「複調」，只是很籠統的提，這樣我看不出來。

謝：那您的「種的退化」理論和「總有一天神聖的祭壇將會倒
　　塌，子孫會超越他的祖先」的宣言兩者之間是否有一點矛
　　盾？

莫：「種的退化」好像是當時寫了個錯別字吧！當時在我小說
　　中出現的一些好像很有學問的隻言片語，也許就是靈機一
　　動。

作家談作家

謝：您曾說過馬爾克斯和福克納是您的「兩座灼熱的高爐」，
　　您在創作時還曾經受到哪些人的影響？

莫：現在是深怕受了什麼人的影響……，不良的影響。（眾笑）
　　當時剛開始創作的時候絕對管不了，現在寫得多了，怕受
　　到別人影響。你說的那兩個人我想不只對我個人，對所有
　　的中國作家實際上都產生了很大的影響力，尤其是新時期
　　的作家，我想哪一個也不會說沒受過他們的影響，但是他
　　的受影響和完全模仿他的創作還是不是一檔事兒。有的人
　　就說他感覺到一種震撼，有的就是潛移默化、消化得很好，
　　像吃一頓牛肉、吃頓羊肉後，打出那羊氣兒來，那消化不
　　好的就……。

蔣：談談您閱讀的類型。

莫：雜亂。基本上我逛書店的時候不會去看文學的東西。我最
　　常看的是歷史、人物傳記、哲學、還有一些專業方面的書
　　籍，像動物學、植物學之類，從小我就喜歡看這些東西，
　　讀不累。

謝：若純就文學方面，您最喜歡國內外哪幾位作家？

莫：這也很難選擇了，像你前面說過的馬爾克斯、福克納肯定
　　都是曾經很喜歡過的，而且現在也還是喜歡；像前蘇聯的
　　肖洛霍夫、俄國的像托爾斯泰、杜斯妥也夫斯基、德國的
　　蒙哥，還有美國的很多作家。

蔣：博爾赫斯呢？

莫：他的小說我倒是還沒有認真讀過，不過他的小說不像傳統
　　的小說，幾乎沒有一個有頭有尾，很完整的故事。他的短
　　篇都可以演變成一個中篇甚至一個長篇。

謝：法國的新小說看嗎？

莫：不大看，也不太習慣，最早看的是西蒙，也看過霍格里耶
　　的《百葉窗》，還有一個記不得名字了。

謝：您如何看待像喬依斯和普魯斯特等等那一類「意識流」的
　　作品。

莫：這種東西也不能說是喜歡，由於他在文學史上有這麼顯赫
　　的地位，你也不能說你不喜歡（眾笑）。

謝：華人作家呢？

莫：華人作家老一代的肯定是很多的榜樣了。（謝：魯迅肯定是
　　了。）魯迅肯定是，我最喜歡的也是魯迅。茅盾的小說……，
　　不行，還不好。

蔣：《子夜》還行。

莫：也不好。我覺得他有幾個短篇反倒還行，不過我確實沒認
　　真讀。沈從文就很好，尤其他前期的作品，有很強烈的共
　　鳴感，更喜歡他那種經歷，一個沒有受過任何正規教育的
　　人物，那真是徹頭徹尾的鄉下人的北京，完全靠自己的努
　　力殺出一片天地來。後來就不是了，愈來愈模仿知識分子，
　　這樣我覺得一點都不好，可他早期的作品的確是特別好

的，帶著一種氣勢，一股不服氣的那種姿態。

蔣：您是不太喜歡知識分子寫作是吧？

莫：真正的、純粹的、本來就是一個知識份子的話當然也行，
我不喜歡的是假知識分子。

謝：您喜歡張愛玲的作品嗎？

莫：也不能說是喜歡，她就是女人那種特別精明的東西，我對
這個女人挺怕的。

謝：您肯定讀過大陸 90 年代以降登場的新世代作家的作品，能
不能簡單地說說對他們普遍的一個看法。

莫：不能說大部分，只是每個人的作品都讀過一點就是，因為
他們寫得實在太多了，看不過來。我是去年開始才比較集
中地把前幾年幾本比較重要的刊物，像《鍾山》、《花城》
啊什麼的，蒐集起來，太多了，起碼有幾十個人。我們那
時候全國就冒出那麼兩、三個，後來一下幾個人出來了，
余華、蘇童、格非、孫甘露、葉兆言。現在是遍地都是。

謝：他們多半是為了市場寫作？

蔣：這是很大的因素。

莫：你說的為市場是為了賺稿費？

謝：簡而言之是成了消費作家，迎合通俗趣味。

蔣：他們和您剛開始的……

莫：這我沒和他們談過。我們在當時 84、85、86 年的時候，那
種寫作真的更多的競爭，更多的是確實作為一種衝動，就
在當時很熱的文學浪潮之下，人人都在一種創新的熱情下
寫作，沒稿費也高興，你絕對沒辦法把它當成一種唯一的
正當的目的，現在……。

謝：還是消費文學居多？

莫：實際上我想他們的讀者群都不會太大的。

尾聲

謝：有盛名的壓力嗎？

莫：年輕的時後懵懵懂懂，現在也沒感到多大的壓力，反而有一種很強烈的自卑感。

謝：為什麼？

莫：我不是謙虛，我是真的這麼想的。我就像騙人一樣，我沒那麼大學問啊，好多問題我根本沒意識到，因為我始終認為文學算不上一件了不起的事情。我對搞自然科學的人特別崇拜，物理學家、科學家、醫學家……，這些人才真正有所發現。

謝：談談您的寫作計畫吧。

莫：也沒有計畫，計畫經常被一些臨時性的事情打亂。

謝：有一大堆「後浪」拼命追趕。

莫：這個我根本沒有任何絲毫的壓力，小說創作和科學發展不太一樣，它的發展很多時候是平行的，並不是說新的一代出來後，就把我們超過了，就像我們 85 年出來這一代，也沒有超越王蒙。

附錄三　上官家族族譜

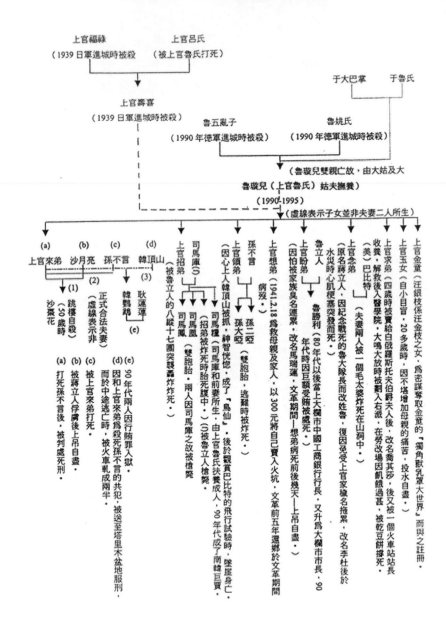

附錄四　上官家九姊弟血緣／源圖

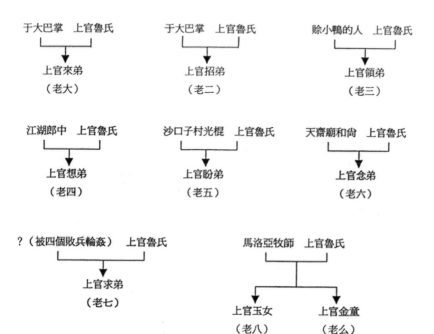

附錄五　莫言手跡

在我的一生中起了重大作用的是八年，是1973年我在棉花加工廠工作時，與妻子相識并定婚。是1976年我利用村裡輸送橡膠菜何時，情不地走了兵，當時，部隊畢生是農村青年改變命運的唯一途徑，我到部隊所以能夠寫點東西，也是為了改變命運，如果不當兵，我想農村只能是為衣食而奔忙，根本顧不上創作。後被提拔成軍官，這就為日後投考解放軍藝術學院文學系鋪了道路。以至後來考入軍藝文學系，在著名作家徐懷中先生的大力提拔下我正式登上文壇，成名作是「透明的紅蘿蔔」，時間是85年初面世。稍後的情況我想特別了、我如想聽，下次到台灣時講給你。這些和我意念都可附在論文裏。

當然，前七年在遼寧省，七補足在北京寫的。本書以我構思到寫成用了數月，但真正也就是三個月的時間。以大家有好些不同意見組成。

七補足我這書是雜寫的，讓人感到意猶未盡，但我寫是擠出擠而不寫，因我們都在共同時間寫在我的書裏，如果用電腦也許就不會希望這了。好好寫作應該隨心而寫，從信筆到發言，怎么去強求成事。

附錄六　北京聯合網調查資料

農村居民抽樣調查資料
98/05/25
聯合網北京訊

1‧基本情況

項　目	單位	1985 年	1990 年	1995 年	1996 年	1997 年
調查戶數	戶	66642	66960	67340	67610	67680
調查戶常住人口	人	341525	321429	301878	298530	294559
平均每戶常住人口	人	5.12	4.80	4.48	4.42	4.35
平均每戶整、半勞動力	人	2.95	2.92	2.88	2.84	2.79
平均每戶鄉鎮企業從業人數	人	0.13	0.12	0.13	0.13	0.15
平均每戶外出勞動人數	人		0.07	0.16	0.17	0.17
平均每戶勞動力負擔人口	人	1.74	1.64	1.56	1.55	1.56
平均每戶生產性固定資產原值	元	792.53	1258.06	2774.27	3605.07	3896.56
平均每戶經營耕地面積	畝	10.61	10.08	9.73	10.21	9.22
平均每戶年內新建房屋間數	間	0.30	0.19	0.21	0.20	0.19
平均每人年末住房面積	平方米	14.70	17.93	21.01	21.69	22.46

2‧農村居民平均每人全年總收入和純收入

單位：元

項　目	1985 年	1990 年	1995 年	1996 年	1997 年
平均每人全年總收入	547.31	990.38	2337.87	2806.73	2999.21
＃現金收入	357.39	676.67	1595.56	1927.01	2153.21
1‧基本收入	517.40	954.59	2231.11	2684.56	2883.24
勞動者報酬收入	72.15	138.80	353.69	450.84	536.56
家庭經營收入	445.25	815.79	1877.42	2233.72	2346.69
2‧轉移性收入			65.77	79.58	92.36
3‧財產性收入	29.91	35.79	40.99	42.59	23.60
平均每人純收入	397.60	686.31	1577.74	1926.07	2090.13
1‧生產性純收入	367.69	657.35	1479.49	1813.26	1987.27
(1)第一產業收入	298.28	510.86	996.51	1192.58	1267.69
(2)第二產業收入	29.47	70.68	287.24	372.37	437.78
(3)第三產業收入	39.94	75.81	195.74	248.10	281.81
2‧非生產性純收入	29.91	28.96	98.25	112.78	102.85

3．農村居民平均每人全年總支出和生活消費支出

單位：元

項　目	1985 年	1990 年	1995 年	1996 年	1997 年
平均每人全年總支出	485.51	903.47	2138.33	2535.19	2536.79
1．家庭經營費用支出	121.39	241.09	621.71	709.44	706.27
2．購置生產性固定資產支出	18.70	20.29	62.33	63.79	59.98
3．繳納稅金	7.64	13.21	28.10	39.13	37.52
4．上交集體承包任務	10.79	25.45	28.56	28.18	27.74
5．集體提留和攤派			31.99	41.08	42.76
6．其他非生產性支出	9.57	18.80	55.28	82.49	45.37
7．生活消費支出	317.42	584.63	1310.36	1572.08	1617.15
＃食品	183.43	343.76	768.19	885.49	890.28
衣著	30.86	45.44	89.79	113.77	109.41
居住	57.90	101.37	182.21	219.06	233.23
家庭設備用品及服務	16.25	30.90	68.48	84.22	85.41
醫療保健	7.65	19.02	42.48	58.26	62.45
交通及運輸	5.48	8.42	33.76	47.08	53.92
文化教育娛樂用品及服務	12.45	31.38	102.39	132.46	148.18
其他商品及服務	3.40	4.34	23.06	31.74	34.27

4．農村居民現金收支

單位：元

項　目	1985 年	1990 年	1995 年	1996 年	1997 年
平均每人年內現金收入	429.49	796.11	1882.49	2309.39	2538.37
1．基本收入	320.57	617.62	1469.61	1770.04	1981.25
2．轉移性收入	36.82	59.05	87.76	112.28	126.80
3．財產性收入	36.82	59.05	38.19	44.69	46.16
4．儲蓄借貸現金收入	72.10	119.44	286.93	382.38	385.16
平均每人年內現金支出	389.19	741.17	1766.67	2137.39	2297.30
＃家庭經營費用支出	79.99	162.90	454.74	523.97	539.93
生活消費支出	194.68	374.74	859.43	1076.22	1126.28
＃食品	77.27	155.85	353.22	423.80	435.74
衣著	30.03	44.03	88.66	112.70	108.31
居住	42.62	81.15	147.86	186.24	198.25

5・農村居民平均每人主要食品和衣著消費量

項　目	單位	1985 年	1990 年	1995 年	1996 年	1997 年
糧食（原糧）	公斤	257	262	259	256	250
＃細糧	公斤	209	215	211	207	203
蔬菜	公斤	131	134	105	106	107
食油	公斤	4.04	5.17	5.80	6.07	6.15
豬、牛、羊肉	公斤	10.97	11.34	11.29	12.90	12.72
家禽	公斤	1.03	1.26	1.83	1.03	2.36
蛋類	公斤	2.05	2.41	3.22	3.35	4.20
水產品	公斤	1.64	2.13	3.06	3.47	3.75
食糖	公斤	1.46	1.50	1.28	1.37	1.35
酒	公斤	4.37	6.14	6.53	7.11	7.13
棉布	米	2.54	0.90	0.44	0.47	0.38
化纖布	米	2.50	1.74	1.41	1.83	1.79
呢絨	米	0.14	0.08	0.06	0.07	0.05
綢緞	米	0.07	0.04	0.02	0.03	0.03
毛線及毛線織品	公斤	0.04	0.07	0.12	0.14	0.15

6・農村居民平均每百戶耐用消費品年底擁有量

項　目	單位	1985 年	1990 年	1995 年	1996 年	1997 年
自行車	輛	80.64	118.33	148.80	139.82	141.95
縫紉機	架	43.21	55.19	65.74	64.62	63.97
電視機	台	11.74	44.44	80.73	87.97	92.44
＃彩電	台	0.80	4.72	16.92	22.91	27.32
電冰箱	台	0.06	1.22	5.15	7.27	8.49
收錄機	台	4.33	17.83	30.87	31.15	32.02
摩托車	輛		0.89	4.88	8.45	10.89
大型傢俱	件	217.53	298.34	695.41	720.57	729.15
洗衣機	台	1.90	9.12	16.81	20.54	21.87
照像機	架			1.42	1.94	2.02
錄相機	台			1.12	1.52	1.79

7・各地區農民家庭收支情況
（1997 年）　　　　　　　　單位：元

地區	總收入	｜#現金｜	純收入	總支出	｜#生活消費｜	現金支出	恩格爾係數（％）
全國	2999	2153	2090	2537	1617	1960	55.1
北京	4273	3818	3662	3392	2693	3333	44.8
天津	4387	3532	3244	3041	1882	2730	50.9
河北	3169	2311	2286	2283	1395	1839	50.3
山西	2151	1526	1738	1575	1145	1210	57.0
內蒙古	2991	1874	1780	2799	1560	1978	55.9
遼寧	3387	2561	2301	2905	1790	2393	55.4
吉林	3292	2107	2186	2772	1624	2218	55.1
黑龍江	3745	2430	2308	3077	1549	2574	54.8
上海	5933	5512	5277	4953	4228	4899	41.5
江蘇	4193	3271	3270	3456	2488	2936	48.9
浙江	4722	4144	3684	3945	2839	3602	48.5
安徽	2550	1805	1809	2097	1337	1602	56.5
福建	3478	2845	2786	2736	1994	2379	55.2
江西	2963	2068	2107	2452	1569	1806	58.8
山東	3469	2363	2292	2855	1626	2112	53.6
河南	2502	1598	1734	2070	1271	1469	54.6
湖北	2913	1822	2102	2498	1660	1827	55.9
湖南	3061	2218	2037	2853	1816	2188	59.4
廣東	4517	3747	3468	3746	2618	3178	52.3
廣西	2679	2040	1875	2207	1376	1717	58.2
海南	2540	1785	1917	1929	1287	1350	63.0
重慶	2422	1372	1643	2186	1390	1307	65.8
四川	2636	1655	1681	2381	1440	1569	62.4
貴州	1813	1044	1299	1594	1066	944	69.6
雲南	2197	1437	1376	2171	1318	1364	62.1
西藏	1555	843	1198	1121	805	775	66.2
陝西	1813	1307	1273	1778	1215	1327	52.8
甘肅	1713	879	1185	1522	976	859	57.5
青海	1862	982	1321	1633	1085	972	66.3
寧夏	2509	1899	1513	2314	1250	1717	55.8
新疆	3162	2571	1504	3161	1395	2703	48.0

參考書目

不同作者之著作以作者姓氏筆畫為序（英文部份則以英文字母順序排列），同一作者之著作以發表年代為序。未註明刷次者皆為一刷。

中文著作

莫言小說

長篇或集結成冊部份

1986　《透明的紅蘿蔔》，北京：作家出版社，初版。

1988a　《天堂蒜薹之歌》，北京：作家出版社，初版。

1988b　《爆炸》，北京：解放軍文藝出版社，初版。

1989a　《透明的紅蘿蔔》，台北：林白出版社，初版。

1989b　《歡樂十三章》，北京：作家出版社，初版。

1989c　《天堂蒜薹之歌》，台北：洪範出版社，初版。

1992　《酒國》，台北：洪範出版社，初版。

1993a　《懷抱鮮花的女人》，台北：洪範出版社，初版。

1993b　《十三步》，台北：洪範出版社，初版二刷。

1993c　《食草家族》，北京：華藝出版社，初版。

1993d　《神聊》，北京：北京師範大學出版社，初版。

1994a　《紅高粱家族》，台北：洪範出版社，初版六刷。

1994b　《夢境與雜種》，台北：洪範出版社，初版。

1994c　《貓事薈萃》，北京：新世界出版社，初版。

1995a　《莫言文集・卷一　紅高粱》，北京：作家出版社，初版。

1995b　《白棉花》，北京：華藝出版社，初版三刷。

1996a　《莫言文集・卷二　酩酊國》，北京：作家出版社，初版二刷。

1996b　《莫言文集・卷三　再爆炸》，北京：作家出版社，初版

二刷。

1996c 《莫言文集・卷四　鮮女人》，北京：作家出版社，初版
二刷。

1996d 《莫言文集・卷五　道神嫖》，北京：作家出版社，初版
二刷。

1996e 《豐乳肥臀・上》，台北：洪範出版社，初版。

1996f 《豐乳肥臀・下》，台北：洪範出版社，初版。

1996g 《透明的紅蘿蔔》，台北：新地出版社，四版。

1998a 《傳奇莫言》，台北：聯合文學出版社，初版。

1998b 《紅耳朵》，台北：麥田出版社，初版。

1998c 《會唱歌的牆》，北京：人民日報出版社，初版。

1999　《紅樹林》，深圳：海天出版社，初版。

單篇部份

1989❶ 〈狐〉，收錄於黃凡主編《海峽小說 1989 年度選代表作》，
台北：希代文叢，pp163-173。

1998❶ 〈拇指銬〉，收錄於《鍾山》第 1-2 期，pp82-91。

1998❷ 〈三十年前的長跑比賽〉，收錄於《收穫》第 6 期，pp4-29。

1998❸ 〈白楊林裡的戰鬥〉，收錄於《北京文學》第 8 期，pp4-10。

1998❹ 〈牛〉，收錄於《小說選刊》第 9 期，pp27-52。

1998❺ 〈一匹倒掛在杏樹上的狼〉，收錄於《北京文學》第 10 期，
pp4-13。

1998❻ 〈長安大道上的騎驢美人〉，收錄於《鍾山》第 5 期。

1999❶ 〈我們的七叔〉，收錄於《花城》第 1 期，pp93-119。

1999❷ 〈祖母的門牙〉，收錄於《作家》第 1 期，pp16-22。

其他小說

（2）

丁　玲　1997 《太陽照在桑乾河上》，北京：人民文學出版社，初版。

（4）

王小波　1997 《黃金時代》，廣州：花城出版社，初版。

王　朔　1998 《王朔自選集》，北京：華藝出版社，初版。

王安憶　1996 《紀實與虛構》，台北：麥田出版社，初版。

（7）

李　怡編　1980 《中國新寫實主義文藝作品選》，香港：七十年代雜

　　　　　　　　　　　　誌社，初版。
李　銳　1993　《舊址》，台北：洪範出版社，初版。
余　華　1990　《十八歲出門遠行》，台北：遠流出版社，初版。
───　1991　《世事如煙》，台北：遠流出版社，初版。
───　1995　《活著》，台北：麥田出版社，初版五刷。
───　1997　《許三觀賣血記》，台北：麥田出版社，初版。
（8）
周立波　1996　《暴風驟雨》，北京：人民文學出版社，第 29 次印刷。
阿　城　1996　《棋王　樹王　孩子王》，台北：新地出版社，22 版。
（9）
威廉・福克納　1987　《聲音與憤怒》，台北：遠景出版社，六版。
柳　青　1996　《創業史》，西安：陝西人民出版社，初版二刷。
（10）
馬奎斯・賈西亞　1997　《百年孤寂》，台北：志文出版社，再版。
馬　烽、西　戎　1997　《呂梁英雄傳》，北京：人民文學出版社，二
　　　　　　　　　　　　版二刷。
浩　然　1995　《豔陽天》，北京：華齡出版社，初版。
───　1995　《金光大道》，北京：華齡出版社，初版。
高曉聲　1994　《中國當代作家選集叢書・高曉聲》，北京：人民文學
　　　　　　　　出版社，初版。
格　非　1995　《忽哨》，武漢：長江文藝出版社，初版三刷。
孫甘露　1995　《訪問夢境》，武漢：長江文藝出版社，初版二刷。
（11）
陳思和編　1995a　《逼近世紀末小說選・卷一》，上海：上海文藝出版
　　　　　　　　　社，初版。
───　　1995b　《逼近世紀末小說選・卷二》，上海：上海文藝出版
　　　　　　　　　社，初版。
───　　1996　《逼近世紀末小說選・卷三》，上海：上海文藝出版
　　　　　　　　　社，初版。
───　　1998　《逼近世紀末小說選・卷四》，上海：上海文藝出版
　　　　　　　　　社，初版二刷。
陳曉明編　1994a　《撫摸的純粹感覺》，甘肅：敦煌文藝出版社，初版。
───　　1994b　《中國城市小說精選》，甘肅：甘肅人民出版社，初
　　　　　　　　　版。
───　　1995a　《中國新本土小說精選》，甘肅：甘肅教育出版社，
　　　　　　　　　初版。

──── 1995b 《中國超情感小說精選》，青海：青海人民出版社，
初版。

──── 1996a 《中國女性小說精選》，甘肅：甘肅教育出版社，初
版二刷。

──── 1996b 《中國先鋒小說精選》，甘肅：甘肅教育出版社，初
版三刷。

──── 1996c 《中國新寫實小說精選》，甘肅：甘肅教育出版社，
初版三刷。

（12）

張賢亮　1988　《男人的一半是女人》，台北：遠景出版社，初版。

──── 1988　《男人的風格》，台北：遠景出版社，初版。

張賢亮等　1987　《靈與肉》，台北：新地出版社，三版。

張　潔等　1989　《愛是不能忘記的》，台北：新地出版社，三版。

張　煒　1993　《九月寓言》，上海：上海文藝出版社，初版。

──── 1994　《古船》，北京：人民文學出版社，初版。

──── 1995　《家族》，上海：上海文藝出版社，初版。

張承志　1996　《張承志文學作品選集・心靈史卷》，海口：海南出版
社，初版二刷。

賈平凹　1994　《廢都》，台北：風雲時代出版社，初版。

────　　　《浮躁》，台北：遠景出版社，初版。

（13）

楊　沫　1996　《青春之歌》，北京：北京十月文藝出版社，初版四刷。

（14）

趙樹理　1997　《趙樹理小說全集》，長春：時代文藝出版社，初版。

（15）

魯迅編　1990　《中國新文學大系・小說二集》，台北：業強出版社，
初版。

魯　迅　1994　《魯迅小說集》，楊澤編，台北：洪範出版社，初版。

劉　恆　1990　《黑的雪》，台北：新地出版社，初版。

鄭樹森編　1988　《八月驕陽》，台北：洪範出版社，初版。

（20）

蘇　童　1992　《妻妾成群》，台北：遠流出版社，初版六刷。

──── 1993　《米》，台北：遠流出版社，初版三刷。

──── 1998　《碎瓦》，江蘇：江蘇文藝出版社，初版二刷。

文學理論專著

（2）

丁柏銓（ed）　1991　《中國新時期文學詞典》，南京：南京大學出版社，初版。

（4）

丹　納（H. A. Taine）　1996　《藝術哲學》，傅雷譯，安徽：安徽文藝出版社，初版七刷。

巴赫金（M. M. Bakhtin）　1996　《巴赫金文論選》，佟景韓譯，北京：中國社會科學出版社，初版。

———　1998a　《巴赫金全集》（卷五），錢中文主編，河北：河北教育出版社，初版。

———　1998b　《巴赫金全集》（卷六），錢中文主編，河北：河北教育出版社，初版。

王德威　1986　《從劉鶚到王禎和》，台北：時報出版社，初版。

———　1988　《眾聲喧嘩》，台北：遠流出版社，初版。

———　1991　《閱讀當代小說》，台北：遠流出版社，初版。

———　1994　《小說中國》，台北：麥田出版社，初版二刷。

王曉明　1991　《潛流與漩渦——論二十世紀中國小說家的創作心理障礙》，北京：中國社會科學出版社，初版。

（6）

伊戈頓（T. Eagleton）　1987　《馬克斯主義與文學批評》，文寶譯，台北：南方出版社，再版。

朱向前　1989　《紅黃綠》，北京：解放軍出版社，初版。

　　　　1993　《心靈的詠嘆》，北京：華藝出版社，初版。

（7）

李銀河　1998　《虐戀亞文化》，北京：今日中國出版社，初版。

沈葦、武紅編　1997　《中國作家訪談錄》，新疆：新疆青少年出版社，初版。

（8）

周英雄　1997　《比較文學與小說詮釋》，北京：北京大學出版社，初版二刷。

佛洛伊德（S. Freud）　1995　《圖騰與禁忌》，楊庸一譯，台北：志文出版社，再版。

（9）

施　淑　1997　《兩岸文學論集》，台北：新地出版社，初版。

洪子誠　1997b　《中國當代文學概說》，香港：青文書屋，初版。

────　1994　《中國當代新詩史》，與劉登翰合著，北京：人民文學
出版社，初版二刷。

洪子誠編　1995　《中國當代文學史料選 1948-1975》，北京：北京大
學出版社，初版。本書和謝冕合編。

　　　1997a　《二十世紀中國小說理論資料第五卷 1949-1976》，
北京：北京大學出版社，初版。

（10）

高上秦編　1980　《中國大陸抗議文學》，台北：時報出版社，初版二
刷。

徐　賁　1996　《走向後現代與後殖民》，北京：中國社科出版社，初
版。

（11）

梁麗芳　1993　《從紅衛兵到作家》，台北：萬象圖書，初版。

曹文軒　1988　《中國八十年代文學現象研究》，北京：北京大學出版
社，初版二刷。

陳思和　1990　《中國新文學整體觀》，台北：業強出版社，初版。

────　1995　《雞鳴風雨》，上海：學林出版社，初版二刷。

────　1997a　《筆走龍蛇》，山東：山東友誼出版社，初版。

────　1997b　《還原民間》，台北：東大圖書公司，初版。

陳曉明　1993　《無邊的挑戰》，長春：時代文藝出版社，初版。

陳　墨　1995　《張藝謀電影論》，北京：中國電影出版社，初版。

黃子平　1991　《倖存者的文學》，台北：遠流出版社，初版。

　　　1996　《革命　歷史　小說》，香港：牛津大學出版社，初版。

（12）

費正清（ed）　1995a　《劍橋中華人民共和國史 1949-1965 年》，北
京：中國社會科學出版社，初版四刷。

────　1995b　《劍橋中華人民共和國史 1966-1982 年》，北
京：中國社會科學出版社，初版三刷。

張志忠　1990　《莫言論》，北京：中國社會科學出版社，初版。

張京媛編　1997　《新歷史主義與文學批評》，北京：北京大學出版社，
初版二刷。

張國義編　1994　《生存遊戲的水圈》，北京：北京大學出版社，初版。

張頤武　1997　《從現代性到後現代性》，南寧：廣西教育出版社，初
版。

張寶琴等編　1995　《四十年來中國文學》，台北：聯合文學出版社，初版。

傅　柯（M. Foucault）　1994a　《性意識史》，尚衡譯，台北：桂冠圖書，初版三刷。

──　1994b　《瘋癲與文明》，劉北成、楊遠嬰譯，台北：桂冠圖書，初版三刷。

（13）

董小英　1995　《再登巴比倫塔》，北京：三聯書店，初版二刷。

奧斯丁　1997　《感覺和所感覺的事物》，陳瑞麟譯，台北：桂冠圖書，初版。

（14）

榮　格（C. G. Jung）　1983　《人類及其象徵》，與漢德遜等人合著，梨惟東譯，台北：好時年出版社，初版。

──　1990　《榮格分析心理學》，鴻鈞譯，台北：結構群出版社，初版。

──　1997　《榮格自傳》，劉國彬、楊德友合譯，台北：張老師文化出版社，初版三刷。

趙學勇等　1993　《新文學與鄉土中國》，蘭州：蘭州大學出版社，初版。

（15）

劉小楓　1998　《現代性社會理論緒論──現代性與現代中國》，上海：三聯書店，初版。

劉再復　1995　《放逐諸神》，台北：風雲時代出版社，初版。

樊　星　1997　《當代文學與地域文化》，武昌：華中師範大學出版社，初版。

潘兆民　1996　《中共社會主義現代化──理論與實踐》，台北：結構群，初版。

（16）

盧卡奇（G. Lukacs）　1988　《小說理論》，楊恒達編譯，台北：五南出版社。

（17）

鍾怡雯　1996　《莫言小說：「歷史」的重構》，台北：師大國研所碩士論文。

魏建、賈振勇　1997　《齊魯文化與山東新文學》，湖南：湖南教育出版社，初版二刷。

（18）

韓少功　1994　《聖戰與遊戲》，香港：牛津出版社，初版。

（20）
嚴家炎 1995 《中國現代小說流派史》，北京：人民文學出版社，初
版二刷。

期刊論文部份

（2）
丁 帆 1988 〈新時期鄉土小說與市井小說：民族文化心理結構的
解構期〉，收錄於北京：《中國現代當代文學研究》影
印報刊資料，5 月號，pp103~108。
———— 1994 〈鄉土小說的多元與無序格局〉，收錄於北京：《文學
評論》，3 期，pp81~87 & p61。

（3）
上海市政府統計局 1999 《1998 年上海統計年鑑》，上海：1999 年
1 月號。

（4）
毛澤東 1942 〈在延安文藝座談會上的講話〉，收綠於應鳳凰‧《當
代大陸文學概況、史料卷》，台北：行政院文建會，1996
年初版，pp262~291。
文學評論記者 1986 〈幾位青年軍人的文學思考〉，收錄於北京：《文
學評論》，2 期，pp42~50。
中國社會科學文學研究所
當代文學研究室 1991 〈「新寫實」小說座談輯錄〉，收錄於北京：《中
國現代當代文學》影印報刊資料，7 月號，
pp93~106。
王德威 1996 〈戀乳奇譚——評莫言《豐乳肥臀》〉，收錄於台北：《聯
合文學》，12 卷 9 期。
———— 1997 〈泥河迷園暗巷，酒國浮城廢都——一種烏托邦想像
的崩解〉，收錄於台北：《Dialogue 建築》第六期，
pp86~91。
———— 1998 〈千言萬語，何若莫言〉，收錄於莫言 1998b，pp9~27。
———— 1999 〈千言萬語 何若莫言〉，收錄於北京：《讀書》第三
期，pp95~101。

（6）
伍世昭 1997 〈九十年代鄉土小說文化價值取向論〉，收錄於北京：
《中國現代當代文學研究》影印報刊資料，10 月號，

pp106~112。

（7）

李杭育　1986　〈「文化」的尷尬〉，收錄於西西編《閣樓》，台北：洪
　　　　　　　範出版社，1989：103~111，三版。

李慶西　1988　〈尋根：回到事物本身〉，收錄於北京：《文學評論》
　　　　　　　第四期，　pp14-23。該文以〈尋根：八十年代的反文
　　　　　　　化回歸〉之名，收錄於張寶琴等人主編之《四十年來
　　　　　　　中國文學》，pp324~340。

———　1988　〈小說的譁變：現象學的敘事態度〉，與李杭育合作，
　　　　　　　收錄於北京：《中國現代當代文學研究》影印報刊資
　　　　　　　料，8月號，pp75~80。

李潔非　1997　〈新生代小說（1994-)〉，收錄於北京：《中國現代當
　　　　　　　代文學研究》影印報刊資料，8月號，pp88~98。

（8）

季紅真　1988　〈憂鬱的土地，不屈的精魂——莫言散論之一〉，收錄
　　　　　　　於北京：《中國現代當代文學研究》影印報刊資料，1
　　　　　　　月號，pp149~158。

———　1988　〈現代人的民族民間神話——莫言散論之二〉，收錄於
　　　　　　　北京：《中國現代當代文學研究》影印報刊資料，3月
　　　　　　　號，pp131~140。

———　1988　〈神話世界的人類學空間——釋莫言小說的語義層
　　　　　　　次〉，收錄於北京：《中國現代當代文學研究》影印報
　　　　　　　刊資料，4月號，pp135~143。

孟　悅　1990　〈荒野棄兒的歸屬——重讀《紅高粱家族》〉，收錄於
　　　　　　　北京：《中國現代當代文學研究》影印報刊資料，7月
　　　　　　　號，pp91~100。

吳義勤　1993　〈「歷史」的誤讀——對於1989年以來一種文學現象
　　　　　　　的闡釋〉，收錄於北京：《中國現代當代文學研究》影
　　　　　　　印報刊資料，9月號，pp50~55。

（9）

威廉斯（R. Williams）　1995　〈感覺結構〉，王志弘譯，收錄於王志
　　　　　　　　　　　　　　　弘《性別、身體與文化譯文選》，台北，
　　　　　　　　　　　　　　　自印，pp193~200。

（10）

袁　平、毛克強　1997　〈當代小說敘述新探〉，收錄於北京：《中國
　　　　　　　　　　　現代當代文學研究》影印報刊資料，10月

號，pp92~96。

袁文傑　1997　〈論「尋根文學」的審美特徵〉，收錄於北京：《中國
　　　　　　　現代當代文學研究》影印報刊資料，10 月號，pp52~59。

（11）

莫　言　1986❶　〈兩座灼熱的高爐〉，收錄於北京：《世界文學》3
　　　　　　　期，pp298~299。

────　1988❶　〈也算創作談〉，收錄於南京：《鍾山》1 期，p108。

────　1993❶　〈好談鬼怪神魔〉，收錄於 7 月 4 日台北：〈中國時
　　　　　　　報人間副刊〉。

────　1998❼　〈我與新歷史主義文學思潮〉，收錄於台北：南華管
　　　　　　　理學院與聯合報副刊主辦之「兩岸作家展望 21 世紀
　　　　　　　中國文學研討會」大會手冊，pp25~28。

────　1999❸　〈小說談──兩岸小說家對談實錄〉，收錄於台北：
　　　　　　　《聯合文學》，十五卷三期，pp96~112。

────　1999❹　〈我要爭做一個謙虛的人〉，收錄於 3 月 16 日北京：
　　　　　　　《中國圖書商報‧書評週刊》。

陶　琬　1996　〈歪曲歷史、丑化現實──評小說《豐乳肥臀》〉，收
　　　　　　　錄於北京：《中國現代當代文學研究》影印報刊資料，
　　　　　　　9 月號，pp200~208。

常芳清　1998　〈自由開放：85'前後「先鋒小說」的敘述順序〉，收
　　　　　　　錄於北京：《中國現代當代文學研究》影印報刊資料，
　　　　　　　9 月號，pp97~101。

陳　劍　1995　〈大陸文學商品化現象〉，收錄於台北：《幼獅文藝》9
　　　　　　　月號，　pp16~26。

陳思和　1988　〈歷史與現時的二元對話──兼談莫言新作《玫瑰玫
　　　　　　　瑰香氣撲鼻》〉，收錄於南京：《鍾山》1 期，170~176。

陳祖彥　1995　〈北京與莫言見面〉，收錄於台北：《幼獅文藝》9 月
　　　　　　　號，pp27~31。

陳晉南　1999　〈奔突的欲望與矛盾的寫作〉，收錄於 3 月 16 日北京：
　　　　　　　《中國圖書商報‧書評週刊》。

陳曉明　1993　〈先鋒派：當代性與開放性〉，收錄於北京：《中國現
　　　　　　　代當代文學研究》影印報刊資料，12 月號，pp69~73

────　1997　〈先鋒派之後：九十年代的文學流向及其危機〉，收錄
　　　　　　　於北京：《中國現代當代文學研究》影印報刊資料，8
　　　　　　　月號，pp69~87。

黃錦樹　1996　〈斷不了奶的戀奶者〉，收錄於台北：《中國時報》6

　　　　　　月 24 日開卷版。

亞洲週刊　1998.6.1~1999.5.23　香港：亞洲週刊社。

（12）

舒　也　1998　〈新歷史小說：從突圍到迷遁〉，收錄於北京：《中國現代當代文學研究》影印報刊資料，2 月號，pp91~96。

張　軍　1996　〈莫言：反諷藝術家──讀《豐乳肥臀》〉，收錄於北京：《中國現代當代文學研究》影印報刊資料，9 月號，pp212~217。

張清華　1998　〈十年新歷史主義文學思潮回顧〉，收錄於北京：《中國現代當代文學研究》影印報刊資料，9 月號，pp82~92。

張學軍　1994　〈尋根小說的美學追求〉，收錄於北京：《中國現代當代文學研究》影印報刊資料，6 月號，pp62~67。

───　1994　〈尋根文學的地域文化特色〉，收錄於北京：《中國現代當代文學研究》影印報刊資料，12 月號，pp113~118。

張德祥　1988　〈歷史蛻變與近年小說中的精神現象〉，收錄於北京：《中國現代當代文學研究》影印報刊資料，8 月號，pp87~95。

程文超　1998　〈尋找新的文化支點──中國新時期文學思潮管窺〉，收錄於北京：《文藝理論》，3 期，pp146~153。

（13）

詹明信（F. Jameson）　1994　〈處於跨國資本主義時代中的第三世界文學〉，張京媛譯，收錄於《馬克斯主義──後冷戰時代的思索》，香港：牛津出版社，pp87-112。

楊小濱　1994　〈《酒國》：盛大的衰頹〉，收錄於台北：《中外文學》，23 卷 6 期，pp175~186。

新週刊社　1998　《新週刊》，第 23/24 期，12 月 31 日出版，廣東省新聞出版局主辦。

（15）

鄭萬隆　1985　〈我的根〉，收錄於上海：《上海文學》，第五期。

劉起林　1997　〈論當前長篇小說的歷史化傾向〉，收錄於北京：《中國現代當代文學研究》影印報刊資料，10 月號，pp97~101。

劉蓓蓓、李以洪　1997　〈母神崇拜與「肥臀情節」──讀莫言的《豐

　　　　　　　　　　乳肥臀》解〉，收錄於北京：《中國現代當代
　　　　　　　　　　文學研究》影印報刊資料，1 月號，
　　　　　　　　　　pp205~210。

鄧時忠　1996　〈民族性的發掘、闡揚和批判——尋根小說與魔幻現
　　　　　　　　實主義〉，收錄於北京：《中國現代當代文學研究》影
　　　　　　　　印報刊資料，8 月號，pp73~78。

（19）

譚好哲　1993　〈歷史與現實交匯中的文化底蘊——論八十年代中後
　　　　　　　　期現實主義小說的開放性發展〉，收錄於北京：《中國
　　　　　　　　現代當代文學研究》影印報刊資料，12 月號，pp88~94。

English

Book

Barthes, Roland　1977　"From Work to Text", in *Image Music Text,* pp155~164 trans. by Stephen Health, New York: The Noonday Press.

Bataille, Georges　1986　*Erotism: Death and Sensuality*, trans. by Mary Dalwood, City Lights Books, San Francisco.

───────　───────　1989　*The Tears of Eros*, trans. by Peter Connor. City Lights Books, San Francisco.

Benjamin, Walter　1968　"The Storyteller", in *Illuminations*,pp83-109, trans. by Harry Zohn , Harcourt, Brace & World, Inc. New York.

Borneman, John　1996　"Narrative, Genealogy, and the historical Consciousness: Selfhood in a Disintegrating State" in *Culture / Contexture: Explorations in anthropology and Literary Studies*, pp214- 234, eds. by E. Valentine Daniel and Jeffrey M. Peck, U. of California Press.

Cuddon, J.A. (ed)　1991　*The Penguin Dictionary of Literary Terms And Literary Theory*, published by Penguin Group,3rd.

Fowler, Roger (ed)　1995　*A Dictionary of Modern Critical Terms*, Routledge, New York（1 st published）.

Freud, Sigmund　1991a　"Creative Writers And Day-dreaming", in *The Standard Edition of the Complete Psychological Works of Sigmund Freud*, vol.9,pp143-153, trans. by James Strachey, Published by The Hograth Press.

───────　───────　1991b　"Family Romance", in *The Standard Edition of the Complete Psychological Works of Sigmund Freud*, vol.9,pp237-241, trans. by James Strachey, Published by The Hograth Press.

Harmon, William & Holman ,C. Hugh (ed)　1996　*A Handbook to literature*, Prentice Hall, New Jersey, 6th.

Kayser, Wolfgang　1981　*The Grotesque In Art And Literature*, Trans. by Ulrich Weisstein, Columbia University Press, New York.

Kristeva, Julia 1980 *Desire In Language: A Semiotic Approach to
Literature and Art*, ed. By Leon S. Roudiez, trans.
by Thomas Gora, Alice Jardine, and Leon S.
Roudiez, Columbia University Press, New York.

———— ———— 1984 "The Text as Practice, Distinct from Transference
Discourse" in *Revolution in Poetic Language*,
pp208-213, trans. by Margaret Waller, Columbia
University Press, New York.

———— ———— 1996a "Cultural Strangeness and the Subject in Crisis"
in *Julia Kristeva Interviews*, pp35-58, Suzanne
Clark and Kathleen Hulley, interviewers,
Columbia University Press, New York.

———— ———— 1996b "Intertextuality and Literrary Interpretation" in
Julia Kristeva Interviews, pp188-203, Margaret
Waller, interviewer, Columbia University Press,
New York.

Seyhan, Azade 1996 "Ethnic Selves / Ethnic Signs: Invention of Self,
Space, and Genealogy in Immigrant Writing" in
*Culture / Contexture: Explorations in
anthropology and Literary Studies*, pp175-194
eds. by E. Valentine Daniel and Jeffrey M. Peck,
U. of California Press.

Wang, Der-wei 1993 "Imaginary Nostalgia: Shen Congwen, Song Zelai,
Mo Yan, and Li Yongping", in *From May Fourth
to June Fourth*, eds. by Ellen Widmer & David
Der-wei Wang, Harvard U. Press.

Journal

———— ———— 1998 "Three Hungry Women"，發表於中央研究院
文哲所主辦「文藝理論與通俗文化：四〇年
代~六〇年代」國際研討會。

國家圖書館出版品預行編目

論莫言小說(1983-1999)的幾個母題和敘述意識/
謝靜國著. -- 一版
臺北市：秀威資訊科技, 2006[民 95]
面 ； 公分. -- 參考書目：面
ISBN 978-986-7080-22-6(平裝)

857.63 95002371

語言文學類 AG0040

論莫言小說(1983~1999)
的幾個母題和敘述意識

作　　者 / 謝靜國
發 行 人 / 宋政坤
執行編輯 / 林秉慧
圖文排版 / 張慧雯
封面設計 / 羅季芬
數位轉譯 / 徐真玉　沈裕閔
圖書銷售 / 林怡君
網路服務 / 徐國晉
出版印製 / 秀威資訊科技股份有限公司
　　　　　台北市內湖區瑞光路 583 巷 25 號 1 樓
　　　　　電話：02-2657-9211　　傳真：02-2657-9106
　　　　　E-mail：service@showwe.com.tw
經 銷 商 / 紅螞蟻圖書有限公司
　　　　　台北市內湖區舊宗路二段 121 巷 28、32 號 4 樓
　　　　　電話：02-2795-3656　　傳真：02-2795-4100
　　　　　http://www.e-redant.com

2006 年 7 月 BOD 再刷
定價：260 元

讀　者　回　函　卡

感謝您購買本書，為提升服務品質，煩請填寫以下問卷，收到您的寶貴意見後，我們會仔細收藏記錄並回贈紀念品，謝謝！

1. 您購買的書名：＿＿＿＿＿＿＿＿＿＿＿＿＿＿＿＿＿＿＿

2. 您從何得知本書的消息？

　　□網路書店　　□部落格　　□資料庫搜尋　　□書訊　　□電子報　　□書店

　　□平面媒體　　□ 朋友推薦　　□網站推薦　□其他＿＿＿＿＿＿

3. 您對本書的評價：(請填代號　1.非常滿意 2.滿意 3.尚可 4.再改進)

　　封面設計＿＿　版面編排＿＿　內容＿＿　文/譯筆＿＿　價格＿＿

4. 讀完書後您覺得：

　　□很有收獲　　□有收獲　　□收獲不多　　□沒收獲

5. 您會推薦本書給朋友嗎？

　　□會　□不會，為什麼？＿＿＿＿＿＿＿＿＿＿＿＿＿＿＿＿＿＿＿

6. 其他寶貴的意見：＿＿＿＿＿＿＿＿＿＿＿＿＿＿＿＿＿＿＿

＿＿＿＿＿＿＿＿＿＿＿＿＿＿＿＿＿＿＿＿＿＿＿＿＿＿＿＿＿

＿＿＿＿＿＿＿＿＿＿＿＿＿＿＿＿＿＿＿＿＿＿＿＿＿＿＿＿＿

＿＿＿＿＿＿＿＿＿＿＿＿＿＿＿＿＿＿＿＿＿＿＿＿＿＿＿＿＿

讀者基本資料

姓名：＿＿＿＿＿＿＿＿＿＿　年齡：＿＿＿＿　性別：□女 □男

聯絡電話：＿＿＿＿＿＿＿＿　E-mail：＿＿＿＿＿＿＿＿＿＿

地址：＿＿＿＿＿＿＿＿＿＿＿＿＿＿＿＿＿＿＿＿＿＿＿＿

學歷：□高中(含)以下　　□高中　　□專科學校　　□大學

　　　□研究所(含)以上 □其他＿＿＿＿＿＿＿

職業：□製造業 □金融業 □資訊業 □軍警 □傳播業 □自由業

　　　□服務業 □公務員 □教職　　□學生 □其他＿＿＿＿＿

（請沿線對摺寄回,謝謝!）

秀威與 BOD

BOD（Books On Demand）是數位出版的大趨勢,秀威資訊率先運用 POD 數位印刷設備來生產書籍,並提供作者全程數位出版服務,致使書籍產銷零庫存,知識傳承不絕版,目前已開闢以下書系:

一、BOD 學術著作—專業論述的閱讀延伸
二、BOD 個人著作—分享生命的心路歷程
三、BOD 旅遊著作—個人深度旅遊文學創作
四、BOD 大陸學者—大陸專業學者學術出版
五、POD 獨家經銷—數位產製的代發行書籍

BOD 秀威網路書店：www.showwe.com.tw

政府出版品網路書店：www.govbooks.com.tw

　　　永不絕版的故事・自己寫・永不休止的音符・自己唱